Ruth Senff

Von Hundeschnauzen und Hundeseelen

Geschichten über Schicksale und Leben unserer vierbeinigen Freunde

Ruth Senff

Von Hundeschnauzen und Hundeseelen

Geschichten über Schicksale und Leben unserer vierbeinigen Freunde

Impressum

Bibliografische Information der Deutschen Nationalbibliothek:
Die Deutsche Nationalbibliothek verzeichnet diese Publikation in der Deutschen
Nationalbibliografie; detaillierte bibliografische Daten sind im Internet über
http://dnb.dnb.de abrufbar.

Herstellung und Verlag: BoD – Books on Demand, Norderstedt

ISBN: 978-3-7568-4210-0

Für all die unermüdlichen ehrenamtlichen Tierschützer, die die Leben vieler Hunde retten: Annemarie, Lorna, Ana-Maria, Nadine, Alina, Evelyn und all die vielen anderen - Ihr seid tatsächlich Engel für die geretteten Tiere und diejenigen, die ihnen dann ein Zuhause geben dürfen!

Inhaltsverzeichnis:

Ares

Hallo, darf ich mich vorstellen? Ich bin Ares Reckel, eigentlich Ares vom Schloss Mansfeld, aber seit über vier Jahren habe ich ein neues Rudel, und da heiße ich nun Reckel. Ich bin ein Großer Schweizer Sennenhund - und dazu noch ein richtig schönes Exemplar meiner Rasse. Das sagt zumindest mein zweibeiniges Rudel, und die müssen das ja wissen. Aber, überzeugt euch selbst, das bin ich:

Ich bin doch ein schöner Hund, oder? Und ein stolzer Rüde noch dazu… Ich bin jetzt fünf Jahre alt. Seit viereinhalb Jahren lebe ich bei meinem Rudel. Eines Tages kamen die drei Zweibeiner dorthin, wo ich bis dahin mit meiner Mama und meinem Herrchen und Frauchen gelebt habe. Die drei Zweibeiner fand ich von Anfang an klasse: Die waren so nett und haben sich gleich ganz lieb um mich gekümmert, da war es auch gar nicht schlimm, dass ich von meiner Mama wegmusste. Na ja, ich war da ja auch schon ziemlich erwachsen, schon sechs Monate alt, da war es ja auch mal Zeit, dass ich auf eigenen Füßen stand. Deswegen bin ich gerne mit den drei Zweibeinern mitgegangen. Außerdem sahen die gleich von Anfang an super nett aus. Das ist übrigens der Teil meines Rudels, der mich abgeholt hat:

Nett, oder?? Da wäre doch wohl jeder gerne mitgegangen, oder?

Ich musste da in ein ganz großes Auto steigen. Das war mir unheimlich: Autofahren kannte ich bis dahin gar nicht, und mir ist auch erstmal richtig schlecht geworden. Ich musste dann zunächst das Schweinsohr, das ich von meinem alten Frauchen zum Abschied bekommen hatte, wieder ausspucken, aber danach ging's. Und dann hatte ich ja Zeit, mir mein neues Rudel so richtig anzugucken. Hinten bei mir saß mein kleines Frauchen - die war super lieb und hat sich ganz toll um mich gekümmert, mich immer wieder gestreichelt und mit mir geredet und mir Spielzeug gegeben. Das fand ich gut, die hat mir gefallen. Und dann waren da noch mein großes Frauchen und mein Herrchen. Herrchen hat das große Auto gefahren, von dem habe ich da noch nicht so viel mitbekommen, aber das Frauchen hat sich immer einmal wieder zu mir umgedreht und mit mir geredet, das fand ich gut. Ich war ziemlich müde - so viel Aufregung, neues Rudel, Autofahren, das war zu viel, da habe ich auch viel auf der Fahrt geschlafen.

Und dann sind wir in dem Zuhause von meinem neuen Rudel angekommen. Da war tatsächlich noch ein zweites kleines Frauchen, die war wohl an dem Tag krank, sah zumindest so aus, deswegen habe ich die erst da kennen gelernt. Aber das Haus, wo mein jetziges Rudel wohnt, das ist ganz toll. Richtig groß, da kann ich ganz viel herumlaufen. Und einen tollen Garten haben die, der geht um das ganze Haus rum, da kann man herrlich herumtoben und seine Geschäfte verrichten und schnüffeln: Das war am Anfang ganz schön aufregend. Überhaupt, es war alles so anders als in meinem früheren Zuhause. Und unheimlich: Da hat der Regen so doll auf ein Dach geknallt, da musste ich ganz laut bellen, um den Regen zu verscheuchen - und dann haben die Zweibeiner gelacht, das fand ich nicht ganz so lustig.

Mit meinen Zweibeinern habe ich echtes Glück gehabt. Die sind voll in Ordnung, ich bin richtig glücklich dort. Mein Favorit ist ja Herrchen. Gut, der ist manchmal ein bisschen streng, und wenn ich gar nicht gehorchen will, dann wird er auch mal böse. Und schimpfen kann Herrchen auch richtig gut; wenn der mal ein Donnerwetter loslässt, dann bin ich ganz schön verschreckt und gehorche erst einmal wieder richtig gut. Aber Herrchen ist toll: Der hat ganz viel Zeit für mich, vor allem, seitdem er nicht mehr jeden Morgen früh weg muss, um arbeiten zu gehen. Jeden Morgen geht er mit mir gassi. Dafür muss ich immer früh aufstehen, denn Herrchen geht immer ganz früh mit mir los, da ist es meistens noch richtig dunkel. Am Anfang fand ich das nicht so gut, ich schlafe nämlich gerne lange, aber inzwischen habe ich mich daran gewöhnt. Herrchen macht auch richtig lange Spaziergänge mit mir. Wir haben da unsere besonderen Rituale. Wenn die dunkle und kalte Jahreszeit ist (Winter nennen die Zweibeiner das, da ist es kalt, und das mag ich nicht so gerne), da gehen wir durch die Straßen. Da ist es nämlich hell, weil die Laternen leuchten. Eigentlich darf ich da gar nicht ohne Leine laufen, aber weil es ja so früh ist und noch keine anderen Zweibeiner unterwegs sind, lässt mich Herrchen dann doch ohne Leine laufen - das finde ich viel besser. Leine ist doof, da muss ich immer so ziehen und kann doch nicht richtig schnüffeln, da bin ich immer ganz unzufrieden. In der besseren Jahreszeit, wenn es morgens schon früh hell und auch viel wärmer ist, da gehen wir in den Park; das mag ich viel lieber, da gibt es viele Büsche und Bäume und Sträucher und Wiese, da kann ich viel mehr schnüffeln. Und außerdem treffen wir da auch andere Vierbeiner. Manche von denen sind meine Freunde, Anja zum Beispiel, mit der spiele ich auch manchmal. Aber am besten sind die Wochenenden. In der Woche geht Herrchen immer zweimal am Tag mit mir spazieren, aber immer nur im Park oder die Straße lang. Aber am Wochenende muss ich nur einmal raus: Morgens früh, und dann nimmt Herrchen das große Auto und dann fahren wir ins Feld. Da ist es toll. Da muss ich nie an die doofe Leine, und da kann ich ganz viel laufen. Das Gassigehen dauert da auch viel länger und ist viel spannender. Von mir aus könnte immer Wochenende sein mit den schönen Spaziergängen. Herrchen achtet auch immer darauf, dass ich ganz tolles Futter kriege. Normalerweise ist Frauchen fürs Fressen zuständig, aber am Wochenende macht das das Herrchen, und da bekomme ich immer etwas Besonderes. Joghurt übers Fressen oder Cornflakes oder altes Brot oder was sonst noch da ist - da gibt es immer etwas ganz Tolles, und Herrchen ist auch nicht so geizig mit dem Futter. Und Leckerlies, das ist auch Herrchens Spezialgebiet, da bekomme ich immer ganz tolle Sachen, Nutriaschwänze oder Hundekuchen oder Ohren - super lecker.

Das bin übrigens ich, wenn ich mit Herrchen schmuse:

Und die süße Kleine bei Herrchen auf dem Schoß ist meine Freundin Josie. Die ist ja so toll. Aber ich bin eifersüchtig: Die kann und darf nämlich bei Herrchen auf den Schoß, das hätte ich auch gerne!

Dann ist da auch Frauchen. Frauchen ist tagsüber nie da, die muss arbeiten. Frauchen geht kaum mit mir gassi, sie sagt, ich bin ihr zu wild und zu stark, sie kann mich nicht halten. Verstehe ich gar nicht, ich finde mich ganz lieb. Gut, manchmal muss ich an der doofen Leine ziehen, wenn ich unbedingt irgendwo schnuppern muss oder wohin will, und Frauchen ist nicht so stark wie ich, da kommt die immer nicht so schnell mit, und dann muss ich noch mehr ziehen. Ist doch normal, oder? Aber Frauchen ist fürs Futter zuständig. Wenn ich morgens mit Herrchen vom Spaziergang komme, bekomme ich erst einmal mein Futter. Wie immer viel zu wenig, aber gut. Und dann noch ein Brot mit Leberwurst, das ist das Beste. Und dann noch meine Tabletten, auch mit Leberwurst. Und manchmal, wenn Frauchen mir etwas Gutes tun will, dann bekomme ich ganz tolle Sachen: Hühnchen oder Reis oder abgekochte Knochen. Und Frauchen gibt mir auch ganz oft etwas vom Tisch der Zweibeiner ab: Kartoffeln mit Soße oder Töpfchen zum Auslecken

- wobei, manchmal bekomme ich Töpfchen, wo etwas Fettreduziertes drin war, das finde ich gar nicht lecker; aber ganz oft ist das super, das mache ich total gerne, das Töpfchen auslecken.

Und das ist mein Frauchen: Sieht man doch auch gleich, dass die ganz lieb ist, oder?

Ich habe auch noch zwei kleine Frauchen, die sind aber nicht immer da, jedenfalls nicht mehr. Das ältere von den kleinen Frauchen hat eine Zeit lang bei Herrchen und Frauchen gewohnt; sie hat gelernt, habe ich gehört, keine Ahnung, was das ist, aber sie war immer in ihrem Zimmer über Büchern; muss langweilig sein. Aber da bin ich ganz oft rausgekommen, und das kleine Frauchen hat ganz viel mit mir gespielt. Jetzt wohnt die woanders, ich sehe sie nicht mehr so oft. Aber wenn, dann freue ich mich. Vor allem: Das kleine Frauchen hat auch einen Hund. Das ist meine beste Freundin - oder meine kleine Schwester, wie man's nimmt. Das ist die Josie, die mag ich ganz doll. Die ist ganz klein, ich glaube, die ist so groß wie mein Kopf.

Am Anfang hatte die ganz doll Angst vor mir, hat immer den Schwanz ein-
gekniffen, wenn ich kam. Dabei wollte ich nur mit ihr spielen. Das will sie
aber nicht. Aber sie hat jetzt auch keine Angst mehr vor mir. Im Gegenteil,
die ist ganz schön frech geworden, und wenn Herrchen und Frauchen nicht
aufpassen, dann klaut sie mir meine Leckerlies oder mein Futter. Ok, ich
muss sagen, ich finde die Josie toll, ich lass mir da auch gerne etwas klauen.
Ich bin ja großzügig. Ich bin immer total happy, wenn die Josie kommt, ich
finde das toll. Und das Gute ist: Wenn ich bellen muss, um das Haus zu
beschützen, dann bellt die Josie immer mit. Herrchen ist dann immer etwas
genervt, aber ich finde das gut, wenn ich etwas Unterstützung habe. Nee,
die Josie, die ist toll, mit der verstehe ich mich gut. Das bin ich übrigens mit
der Josie - die ist süß, oder??

Ich würde ja auch gerne mal mit ihr kuscheln, aber da hat die Angst vor.
Und weil die Josie mir immer Leckerlies klaut, war ich neulich einmal ganz
frech: Wenn Josie kommt, bekommt sie immer von Herrchen eine Tüte mit

Leckerlies. Aber da hat Herrchen einmal nicht aufgepasst und hat die Zimmertür von Josies Frauchen nicht zu gemacht - und da bin ich gekommen und habe alle Leckerlies aufgefressen. Ätsch, das hatte die Josie nun davon. Obwohl, Herrchen war ganz schön böse mit mir. Der hat das einfach nicht verstanden... Allerdings muss ich ja auch zugeben, dass ich mir von der Josie gerne mein Fressen klauen lasse; ich bin ja schließlich ein Gentleman und ganz schön verknallt in die Kleine.

Das Frauchen von der Josie ist toll. Auch wenn die nicht oft da ist, aber wenn sie dann mal kommt, dann streichelt sie mich ganz viel und geht mit mir raus, und die hat immer mit mir gespielt. Und wenn Weihnachten ist (irgendein besonderer Tag für Zweibeiner, keine Ahnung, warum, aber wir Vierbeiner bekommen dann immer tolle Sachen zum Fressen), dann bekomme ich von dem Frauchen von der Josie ganz tolle Sachen: Dose zum Beispiel, und Leckerlies und Spielzeug. Finde ich richtig gut.

Und dann gibt es das noch kleinere Frauchen: Das mag ich mit am liebsten, weil die sich so toll um mich gekümmert hat, als das Rudel mich nach Hause geholt hat. Wenn die kommt, dann freue ich mich am allermeisten. Aber wenn die dann da ist, dann kümmert die sich nicht viel um mich. Geht nie mit mir gassi, weil ich zu wild ziehe; kann ich gar nicht verstehen. Und toben tut die auch nicht mit mir, aber ich liebe sie trotzdem und freue mich, wenn sie einmal da ist.

Das große Frauchen und das größere kleine Frauchen haben am Anfang mit mir Hundeschule gemacht. Hundeschule ist doof. Da muss man immer das machen, was die Zweibeiner sagen. Wenn die „Sitz!" sagen, muss man sich hinsetzen, auch dann, wenn es kalt und nass ist. Jetzt mal ehrlich: Wer will das schon machen? Gut, wenn ich brav war, gab es ganz viele gute Leckerlies, meistens Fleischwurst, das war toll. Aber ansonsten - Hundeschule war doof. Ich durfte da nie mit den anderen Vierbeinern spielen und musste da immer langweilige Sachen machen, mich hinlegen, obwohl ich das gar nicht wollte, oder nur nah am Fuß der Zweibeiner gehen, obwohl ich doch viel lieber geschnüffelt hätte. Nee, das war nicht so toll. Aber immerhin, die beiden Frauchen haben sich viel Mühe gegeben, und da habe ich mich dann auch ganz doll angestrengt - schließlich wollte ich doch die Fleischwurst haben.

Überhaupt, ich mache eigentlich nicht gerne das, was die Zweibeiner mir sagen. Ich bin da etwas schwierig. Aber es ist ja auch verständlich, wenn du gar nicht willst, und ein Zweibeiner sagt dir, du sollst dich hinlegen - würdest du das dann tun??? Doch wohl nicht, oder? Etwas anderes ist es, wenn Herrchen das sagt - da muss ich gehorchen. Bei Herrchen kenne ich einige Dinge, die ich tun muss, obwohl ich das nicht will. Wenn Herrchen „Warte!" sagt, darf ich nicht weiterlaufen, auch wenn es auf der anderen Straßenseite so gut riecht. Da muss ich warten, bis Herrchen „Lauf!" sagt - ist doch gemein, oder? Oder, wenn Herrchen „Hier!" sagt, da muss ich kommen und bei ihm bleiben, egal, ob da ein anderer interessanter Vierbeiner kommt oder nicht, da gibt es keine Ausreden. Aber immerhin, Herrchen kann mit mir ohne Leine an anderen Hunden vorbeigehen - das kann wirklich nur Herrchen. Und wenn ich das nicht mache, wird Herrchen böse und schimpft, und wenn ich dann immer noch nicht höre, dann gibt es auch mal Haue. Also höre ich lieber gleich. Aber eigentlich nur bei Herrchen, denn ich glaube, die Frauchen haben nicht so viel zu sagen, da muss ich nicht immer gehorchen.

Aber wenn Herrchen nicht da ist, da passe ich auf die Frauchen auf. Das heißt, dass ich dann ganz doll belle. Alles, was komisch ist, belle ich dann an. Und wenn Frauchen mir einen Befehl gibt, da weiß ich, dass ich das nicht unbedingt machen muss. Reicht ja auch, wenn ich einem Zweibeiner so richtig gehorche, oder?

Mein liebstes Hobby ist das Fressen. Ich fresse alles: Trockenfutter (gut, ist langweilig, aber ich fresse es), Leberwurstbrote, Hundekuchen, Nutriaschwänze, Schweineohren, Hühnerfleisch, Reis mit Hüttenkäse (ist toll, wenn ich Durchfall habe oder mein Magen grummelt, dann bekomme ich das immer), Hühnerfleisch, Kartoffeln mit Soße, aber auch Möhren und Äpfel und Kohlrabi. Und an ganz wichtigen Tagen, vor allem dann, wenn das größere kleine Frauchen da ist, dann bekomme ich Dose - das ist das Beste, Dose ist super und soooo lecker. Manchmal bin ich etwas schwierig mit dem Fressen. Aber mal ehrlich: Würdet ihr jeden Tag ohne Abwechslung das Gleiche fressen wollen? Herrchen und Frauchen sehen das immer nicht so wirklich ein, und wenn es mir zu langweilig wird mit dem Fressen, dann fresse ich gar nichts mehr und hungere. Und dann ist Herrchen ganz besorgt und holt mir neues Futter, und dann bin ich ganz begeistert und fresse erst einmal wieder - bis es mir wieder langweilig wird. Hat Herrchen noch nicht so ganz verstanden, ist aber auch gut so, sonst würde ich immer nur das Gleiche zu fressen bekommen. Ich würde aber nie Fressen klauen. Da hätte ich viel zu viel Angst vorm Herrchen. Man kann mich sogar mit einer Fleischplatte alleine im Zimmer lassen - da würde ich nie drangehen. Ich weiß ja, dass ich eh was bekomme, warum also riskieren, dass Herrchen sauer auf mich ist?

Mein zweites Hobby - das ist Bellen. Ich belle sooo gerne. Am liebsten am Gartentor, wenn böse Zweibeiner an unserem Grundstück vorbeigehen. Oder wenn Herrchen nicht da ist und ich auf die oder das Frauchen aufpassen muss. Das Aufpassen nehme ich ganz ernst, da belle ich ständig. Manchmal werden die Zweibeiner dann sauer, die merken einfach nicht, dass ich es nur gut meine und sie beschützen will.

Und dann habe ich noch ein Hobby: Ballspielen. Am liebsten mag ich Bälle, die quietschen. Mit denen kann ich ganz toll spielen, egal, ob mir jemand den Ball schmeißt und ich ihn holen muss oder ob ich alleine damit spiele. Bälle sind toll. Ich liebe es, hinter Bällen herzujagen und sie wieder zurück zu bringen. Leider darf ich das im Garten nicht mehr so oft machen. Herrchen ist so pingelig, was den neuen Rasen angeht, er hat Angst, dass ich ihn kaputt mache. Dabei ist das so ein tolles Spiel. Herrchen und Frauchen nehmen mir die Bälle nach einer gewissen Zeit immer ab und verstecken sie in der Küche. Als ob die meinten, dass ich nicht wüsste, wo die Bälle sind. Ich weiß genau, wo die Zweibeiner die Bälle verstecken, und dann kann ich ganz schön hartnäckig betteln, damit sie sie mir wiedergeben.

Gassigehen finde ich auch ganz toll. Aber am liebsten ohne Leine. Wenn ich ohne Leine laufen darf, da höre ich richtig gut. Ich kann dann sogar bei Fuß gehen, ohne dass Herrchen mich festhalten muss - und das sogar, wenn uns andere Hunde begegnen. Ich bin dann richtig brav und zeige allen, wie gut erzogen ich bin. Nur an der Leine, da mag ich mich einfach nicht so richtig benehmen. Da muss ich immer ganz doll ziehen, um schnell genug an bestimmte Ecken zu kommen, und gehorchen tue ich dann auch nicht so toll. Kann man doch aber verstehen, oder, ich meine, wer geht schon gerne an der Leine??? Aber ich jage nicht, gar nichts. Ich finde das immer lustig: Wenn die Josie da ist, dann jagt die hinter allem her, Vögel oder auf dem Feld nach Hasen. Ich kann das gar nicht verstehen, warum sollte ich das tun? Im Gegenteil, ich freue mich immer, wenn ich ein Häschen sehe, und dann wedele ich es an. Und manchmal bin ich richtig erschrocken, wenn neben mir im Feld plötzlich Vögel hochfliegen, das finde ich gar nicht so lustig.

Überhaupt habe ich immer ziemlich viel Angst. Andere Hunde finde ich zwar toll, aber am liebsten mag ich die Kleinen, die viel, viel kleiner sind als ich. Die haben dann aber Angst vor mir, obwohl ich das gar nicht verstehe – ich bin doch ganz lieb und will doch nur spielen. Große Hunde sind mir suspekt, was weiß ich denn, was die mit mir machen. Oder wenn ich etwas umgeschmissen habe, da habe ich auch immer total Schiss, dass ich geschimpft bekomme. Weiß auch nicht so ganz, warum; bisher hat Herrchen da noch nie geschimpft, obwohl ich auch schon einmal eine Blumenvase vom kleinen Tisch gefegt habe, als ich mich so doll gefreut habe und mit dem Schwanz wedeln musste. Selbst da habe ich keinen Ärger bekommen. Aber ein mulmiges Gefühl habe ich trotzdem immer…

Ich habe auch ganz tolles Spielzeug. Mein liebstes Spielzeug ist mein Quietscheball. Der ist super und macht so schön Krach. Damit kann ich stundenlang spielen, auch wenn mir keiner der Zweibeiner den Ball schmeißt. Schließlich bin ich ein großer Hund, ich kann mir den auch selber werfen, um ihn dann wieder einzufangen. Das macht Spaß! Und dann habe ich noch ein anderes Lieblingsspielzeug, meinen kleinen Bären. Mit dem spiele ich nicht wirklich, aber wenn ich traurig bin, hole ich mir den immer her und knabbere darauf rum. Der muss auch immer mit mir mitkommen. Ich war einmal über Nacht im Krankenhaus - hatte mir meinen kleinen Zeh an der vorderen Pfote ganz doll gestoßen, und da haben die mich ausgeknockt, um mit mir Sachen anzustellen. Als ich dann wieder zu meinem Rudel kam, war ich noch immer ganz benebelt und wusste nicht so recht, was los war. Aber da hat das kleine Frauchen mir dann den Bären geholt, und den habe ich dann mit den Pfoten festgehalten. Und da wusste ich, dass ich zu Hause bin und konnte ruhig schlafen. Gibt bei uns auch noch anderes Spielzeug, aber das finde ich meistens ziemlich langweilig.

Ich war auch schon ein paar Mal im Urlaub. Mit Herrchen und Frauchen. Da sind wir ganz lange in Herrchens großem Auto gefahren, und dann waren wir irgendwo, wo man ganz toll spazieren gehen kann. Mit Bergen und vielen Wiesen - und vor allem mit Bächen. Die Bäche sind das Beste, denn da kann man dann zwischendrin immer reingehen und viel kaltes Wasser trinken. Das finde ich klasse. Überhaupt: Urlaub ist super. Zwar immer etwas komisch, weil wir dann nicht zu Hause, sondern in einem Hotel wohnen, und ich kann da nicht so viel spielen und alles ist ganz anders als sonst; ist aber trotzdem super. Nur Herrchen und Frauchen und ich haben so ein bisschen andere Vorstellungen von Urlaub. Die Zweibeiner wollen dann immer ganz viel laufen und wandern – ich gehe manchmal nicht gerne so weit, das ist so anstrengend, und irgendwann lege ich mich dann einfach hin und gehe nicht mehr weiter. Ätsch, das haben die dann davon. Letztes Jahr war auch noch das große kleine Frauchen mit der Josie mit dabei. Da sind wir immer ganz viel zusammen gassi gegangen. Das war toll. Und abends gehen wir dann immer essen; das heißt, die Zweibeiner gehen essen, und wir dürfen mit. Und das Beste ist, dass da immer ganz leckere Sachen für uns abfallen, so richtig vom Tisch, wie es das Zuhause gar nicht gibt. Das finde ich herrlich - Brot oder mal Fleischreste und so, super.

Das bin ich übrigens im Urlaub, mit Herrchen, in so einem tollen Bach, aus dem das kalte Wasser sooo gut schmeckt.

Es gibt aber auch Urlaube, da darf ich nicht mitfahren. Die finde ich doof, da muss ich nämlich in die blöde Tierpension. Gut, die Zweibeiner dort sind auch ganz nett, aber da ist es nicht so gemütlich und ich komme da nicht so viel raus, und ich bin immer etwas beleidigt, wenn ich dorthin muss. Und freue mich riesig, wenn meine Zweibeiner mich dann endlich wieder abholen. Habe ja immer ein bisschen Angst, dass die vielleicht nicht mehr kommen. Ich finde das immer ganz furchtbar, wenn die ihre Taschen packen - dann weiß ich nämlich immer nicht, ob ich mitfahren darf oder nicht. Bin dann ganz unruhig, und wenn Herrchen dann mein Körbchen (von denen ich übrigens gleich mehrere habe) ins Auto bringt, dann weiß ich, alles wird gut und ich darf mit. Und dann bin ich hundemäßig happy und ganz aufgeregt.

Manchmal fahren wir auch die Josie und das große kleine Frauchen besuchen. Das ist dann nicht ganz so weit, aber auch sehr aufregend. Die Fahrt dauert nicht ganz so lange, wir müssen da keine Pausen machen. Und dann hält Herrchen irgendwo, wo er sein Auto füttern kann. Und dann gehen Frauchen und ich schon mal zu Fuß weiter: Ich weiß dann gleich, wo ich bin und dass ich die Josie gleich wiedersehe. Vor lauter Aufregung muss ich dann ganz viel pullern und mein Beinchen heben, und ich ziehe dann auch immer ganz doll. Nur eins ist doof: Ich muss ganz viele steile Treppen steigen, um zur Josie zu kommen, das ist ganz schön gefährlich, weil ich nämlich nicht der sportlichste Hund bin. Aber dort ist es dann toll. Vor allem gibt es dann ganz viel zum Naschen, ganz andere Sachen als bei uns. Was ich nicht so toll finde, ist, wenn wir dann da über Nacht bleiben. Denn dann kann ich nicht bei Herrchen schlafen; der geht mit Frauchen in ein Hotel, und ich bleibe dann beim großen kleinen Frauchen und der Josie in der Wohnung. Das ist ungewohnt, und wenn ich dann einmal ins Schlafzimmer komme, dann knurrt die Josie immer. Als ob ich ihr etwas tun würde. Unten in dem Haus bei der Josie wohnen auch Zweibeiner, die sind ganz nett und wollen mich immer streicheln - und dann gibt es noch mehr Leckerlies. Da warte ich schon immer vor der Tür, ob wir die nicht einmal wieder besuchen gehen wollen. Meistens tun wir das dann auch, und das finde ich gut.

Ich war schon ganz oft krank. Wie gesagt, einmal habe ich mir beim Toben ganz doll den kleinen Zeh gestoßen; das tat so weh, ich konnte gar nicht mehr richtig laufen und hüpfen. Und da haben die mich in ein Krankenhaus für Vierbeiner gefahren, und da musste ich dann dortbleiben, damit die mir helfen konnten. Fand ich nicht gut, vor allem hatte ich danach einen so doofen Verband, der hat immer so komisch geklappert, wenn ich gelaufen bin. Aber danach war alles wieder gut.

Mir tut auch ganz oft der Bauch weh und macht komische Geräusche. Ich kann dann gar nichts fressen, weil mir richtig schlecht ist. Manchmal bekomme ich dann Reis mit Brühe, das finde ich gut, und dann lohnt es sich auch, krank zu sein. Und manchmal muss ich erst einmal alles ausspucken, was in mir ist, und dann geht es mir auch besser.

Letztes Jahr, um das Fest herum, an dem immer der Baum im Wohnzimmer steht, an den ich aber nicht pinkeln darf, da war ich richtig doll krank. Ich hatte gefressen und bin dann die Treppe heruntergelaufen, und dann war auf einmal alles ganz komisch; ich hatte ganz dolle Bauchschmerzen und wollte brechen, aber das ging nicht und mir war ganz schlecht und alles war doof. Und die Josie hat das dann gemerkt und es dem Herrchen gesagt. Und mit ihm und dem kleinen kleinen Frauchen bin ich dann auch wieder in die Klinik gefahren. Auf der ganzen Fahrt hatte ich ganz dolle Bauchschmerzen und habe ganz doll gejammert. Und als wir dann da waren, da bin ich einfach mit so einem Zweibeiner mitgegangen; habe mich gar nicht von meinem Rudel verabschiedet. Tut mir ja leid, aber mir war ja so schlecht. Und dann war ich auf einmal weg, und als ich aufwachte, hatte ich eine große Narbe am Bauch und durfte kaum etwas essen. Das fand ich ganz schön doof. Aber dann kam Herrchen und hat mich geholt, und von da an habe ich ganz tolle Sachen zum Fressen bekommen. Nur Reis und Hühnchen und Leber und so etwas - das war ein richtiges Fest. Seitdem bekomme ich sogar dreimal am Tag mein Futter - weniger als sonst, aber immerhin. Das finde ich gar nicht so schlecht. Ich glaube, meine Zweibeiner hatten ganz dolle Angst um mich. Mir geht es aber wieder richtig gut, von der Narbe sieht man auch nichts mehr und fressen kann ich auch wieder alles - und das auch mit großem Appetit. Tabletten muss ich immer nehmen, aber das ist nicht schlimm, denn die bekomme ich immer mit viel Leberwurst drum herum; das ist wie ein Leckerli, und die hole ich mir daher sogar freiwillig in der Küche ab. Manchmal muss ich Frauchen richtig daran erinnern.

Apropos Küche: Das ist total gemein. Das ist ein Raum, in dem es nur gute Sachen gibt. Fresschen und Leckerlies und Zweibeinerfressen und so, und da riecht es total toll drin - nur ich darf da nicht rein. Und wenn ich einmal den Kopf durch die Tür stecke, da wird Herrchen immer gleich böse und sagt ganz laut „Nein!". Na ja, man kann es ja mal versuchen, oder??

Und wenn Herrchen in die Küche geht, da muss ich immer aufpassen und gleich hinterherlaufen, denn manchmal - gut, fast immer - bekomme ich dann auch etwas Gutes zum Fressen. Das lohnt sich immer, und deswegen passe ich auf, dass ich keine Gelegenheit verpasse, mit Herrchen zur Küche zu gehen.

Eigentlich bin ich ein ganz lieber Hund. Nur zu fremden Zweibeinern, da kann ich dann auch mal böse sein. Da knurre ich ganz böse, und wenn die durch unser Haus laufen, da laufe ich hinterher und passe gut auf, dass die nichts anstellen. Oder ich bewache die Tür zu dem Zimmer, in dem die fremden Zweibeiner sind und lasse die nicht mehr raus. Finden die gar nicht lustig, aber ich muss denen doch mal sagen, wer hier Herr im Haus ist, oder?? Ich lasse mich auch nicht gerne von fremden Zweibeinern streicheln. Warum auch, wer bin ich denn, dass ich jeden an mich dranlasse. Nee, das mag ich nicht. Vor allem wollen die mich immer auf dem Kopf streicheln, und das kann ich gar nicht ab. Noch nicht einmal bei meinem Rudel, da muss ich immer ein Stück zurückgehen und den Kopf heben (manche Zweibeiner bekommen davor dann Angst, das finde ich lustig). Aber ich finde, das darf ich machen, denn ich darf ja die Zweibeiner auch nicht überall lecken. Ach ja, ich lecke furchtbar gerne, vor allem Hände und Füße; ich würde auch gerne das Gesicht der Zweibeiner abschlabbern, aber das wollen die nie. Verstehe ich gar nicht. Am liebsten lecke ich, wenn Frauchen sich die Füße eingeschmiert hat mit so einem Zeug, das so komisch riecht. Das stört mich dann, das riecht nämlich nicht nach Frauchen, und dann muss ich sofort hinlaufen und das alles abschlecken. Findet die gar nicht so lustig, aber da muss sie durch.

Wenn Zweibeiner kommen, die ich ganz doll mag, dann freue ich mich riesig. Dann springe ich wie ein Gummiball um sie herum. Die verstehen das dann gar nicht: Die wollen mich streicheln, aber zum Streicheln habe ich da keine Lust, das ist doch viel besser, wenn man gleich spielen kann. Irgendwie sind die dann enttäuscht, aber ich bin dann so voller Energie, da kann ich nicht stillstehen, um mich streicheln zu lassen. Zu jeder anderen Zeit gerne, aber nicht dann.

Ich kann übrigens auch ganz doll pupsen - die Zweibeiner finden das gar nicht so lustig, die sagen, das stinkt. Kann ich gar nicht verstehen. Aber wenn ich doch so entspannt daliege und vor mich hindöse, da muss ich einfach einen fahren lassen, aus Entspannung quasi. Dann stürzen Herrchen und Frauchen immer gleich zum Fenster und reißen die Fenster auf, um den schönen Duft wieder rauszulassen. Gemein, oder?

Ich kann übrigens etwas ganz Tolles: Wenn man mir sagt, ich solle „schön" machen, dann hebe ich auf Kommando mein Bein und mache ein Pullerchen. Das ist doch etwas, oder?

Und ich kann eigentlich auch nur noch sagen, dass ich ganz glücklich mit meinem Rudel bin. Wisst ihr, warum ich die so gerne habe und hundemäßig liebe?

- Weil die mir immer so tolles Fressen geben.
- Weil Herrchen mit mir so oft gassi geht.
- Weil ich hier so viele gemütliche Körbchen und Decken habe.
- Weil ich auch mit in den Urlaub fahren darf.
- Weil die einen tollen Garten haben, in dem ich ganz viel spielen kann.
- Weil die mich ganz viel streicheln.
- Weil die sich so super um mich kümmern und ich vollwertiges Mitglied des Rudels bin.
- Weil es hier immer so tolle Leckerlies gibt.
- Weil ich stolz bin, ein Familienmitglied zu sein.
- Weil die mir immer wieder sagen, was für ein toller Hund ich denn bin.
- Weil das das beste Rudel ist, das Hund sich wünschen kann.

Versprechen Deines Hundes

Ich will immer Teil Deines Rudels sein.

Ich will Dich vor allem beschützen, alles verbellen, das gefährlich für Dich sein kann.

Ich will Dich trösten, wenn Du traurig bist.

Ich will Dich mit meinem Spiel aufheitern.

Ich will Dir durch mein Kuscheln, meine Küsse zeigen, wie sehr ich Dich liebe.

Ich will Dich nie im Stich lassen, immer für Dich da sein.

Ich will Dir zur Seite stehen, mit Dir durch dick und dünn gehen.

Ich werde Dich immer lieben, egal, ob Du traurig bist oder froh, ob Du sauer auf mich bist oder mich lobst.

Ich will versuchen, alles richtig zu machen, was Du von mir verlangst.

Ich will Dir gehorchen, auch wenn es mir manchmal schwerfällt.

Ich will Dir Freude machen.

Ich will mit Dir mein Leben teilen und immer dankbar sein, dass Du mich Teil Deines Lebens sein lässt.

Ich werde Dich immer freudig und schwanzwedelnd begrüßen.

Ich werde Dir nie böse sein, auch dann nicht, wenn Du mich aus Trotteligkeit trittst oder einmal mit mir schimpfst.

Ich werde nie vergessen, was Du mir Gutes getan hast.

Ich will nie aus böser Absicht von Dir weglaufen - außer, ich rieche was ganz Tolles oder muss einmal schnell ein Kaninchen jagen.

Ich werde immer für Dich da sein, immer mit Dir kuscheln, egal, wann und egal wie lange und wie oft.

Ich werde mit Dir mein Spielzeug teilen, und wenn Du magst, kannst Du in meinem Körbchen schlafen.

Ich werde Dir nie wehtun – außer, ich kneife Dich einmal im Spiel, aber das ist dann nie böse gemeint.

Ich werde Dich immer als den Rudelführer anerkennen.

Vor allem werde ich Dich lieben, ich werde nie aufhören, Dir meine Liebe zu zeigen.

Ich werde Dir treu zur Seite stehen, bis mein Hundeleben endet.

Ich bin Dein Hund, für immer.

Und ich bin froh und dankbar dafür, dass Du mich ausgesucht hast.

Die Wartende

Traurig sitzt die Hündin in ihrem Zwinger. Entmutigt lässt sie die Öhrchen hängen, verfolgt jedoch aufmerksam die Geräusche außerhalb ihrer Unterkunft. Es ist Abend. Bei ihr waren die Pfleger schon. Für sie gab es heute ein paar extra Leckerlies und eine der Pflegerinnen hat sich heute bei der Abendrunde besonders viel Zeit genommen, sie hinter den Ohren zu kraulen und mit ihr zu reden. Liebevolle Worte. Aufmunternde Worte.

Und doch, die Hündin glaubt nicht mehr daran, dass sich für sie noch einmal etwas ändern wird.

Heute wurde ihre Freundin abgeholt, mit der sie sich seit einigen Wochen den Zwinger geteilt hatte. Eine junge, etwas freche Mops-Dame, die heute bei einer Familie mit zwei Kindern ein neues Zuhause fand. Für ein paar Wochen waren sie Gefährtinnen und beste Freundinnen gewesen. In der Dunkelheit der Nacht hatten sie sich aneinander gekuschelt. Im Freilauf und, so gut es ging, auch in ihrem kleinen Zwinger hatten sie miteinander gespielt, von beiden Enden an einem Tau gezogen, gerangelt. Die Hündin hatte sich solche Mühe gegeben, sich mit der Mops-Dame anzufreunden. Eigentlich mag sie kleine Hunde nicht so gerne. Möpse schon gar nicht, denn das ständige Schnaufen und die merkwürdig gekräuselte Nase sind ihr unheimlich. Und doch hatte sie sich bemüht, hatte der Mops-Dame erst die Angst vor dem Tierheim genommen, hatte ihr Halt gegeben; dann hatte sie gehofft, dass vielleicht ein Zweibeiner kommen würde, der es nicht übers Herz bringen würde, sie beide zu trennen. Die Hündin hatte gehofft, in der Freundschaft mit ihrer Zwingergenossin läge die Chance auf ein glückliches Leben.

Die Ohren der Hündin zucken. Sie hört, wie die Pflegerinnen gehen. Heute wird niemand mehr zu ihr kommen, wird niemand mehr mit liebevollen Worten und freundlicher Stimme mit ihr reden, wird niemand sie hinter den Ohren und unter dem Kinn kraulen, ihr den Bauch streicheln und mit ihr herumalbern. Mit hängendem Schwanz und hängenden Ohren geht sie langsam und schleppenden Schrittes zu einem Körbchen, das in der Ecke des Zwingers steht. Dreimal dreht sie sich im Kreis, dann lässt sie sich resigniert auf ihr Bett fallen. Sie stößt einen tiefen Seufzer aus und schließt die Augen.

Sie weiß nicht, was sie falsch macht. Sie begrüßt jeden Besucher freudig, vor allem die Kinder. Sie lässt sich streicheln, zuckt nicht, wenn die kleinen Hände manchmal ruppig zupacken. Sie wedelt, als gäbe es kein Morgen, erlaubt es den Zweibeinern, sie überall anzufassen. Sie gibt sich sogar Mühe, das zu tun, was die Zweibeiner ein Lächeln nennen – sie zieht die Mundwinkel nach oben und versucht, ihren freundlichsten Blick aufzulegen. An der Freundlichkeit kann es also nicht liegen. Soweit sie das beurteilen kann und soweit ihr die Hundeherren, die sie bisher in ihrem Leben getroffen hat, signalisiert haben, scheint sie auch kein hässlicher Hund zu sein. Ein typischer Golden Retriever eben, mit glänzendem, blonden Fell, einem schönen Schwanz, liebevollen, wach dreinschauenden, strahlenden, dunklen Augen. Neulich beim Tierarzt, als sie erst eingeschlafen und dann mit einer Wunde am Bauch wieder aufgewacht war, hatte man ihr auch die Zähne geputzt, so dass diese wieder weiß erstrahlen. Am Aussehen kann es also auch nicht liegen. Auch nicht daran, dass sie etwa krank wäre: Der Tierarzt, ein freundlicher, älterer Zweibeiner, hatte sie gründlich untersucht und ihr beste Gesundheit attestiert, trotz der vielen Welpen, die sie schon in diese Welt gebracht hat.

Die Hündin seufzt erneut. Sie hofft, dass wenigstens ihre Welpen, denen sie all ihre Liebe mitgegeben und um die sie sich bis zu dem Tag, an dem sie von ihnen getrennt wurde, liebevoll und fürsorglich gekümmert hatte, inzwischen glücklich in einem wunderbaren Zuhause leben und gut versorgt sind. Die vielen Schwangerschaften haben dazu geführt, dass ihr Bauch nicht mehr so fest, das Gesäuge vergrößert ist. Aber das kann doch nicht der Grund sein, dass niemand sich für sie interessiert?

Während der Besuchszeiten im Tierheim schnappt sie immer wieder Wortfetzen der Zweibeiner auf: „Süß ist sie ja." Wenn sie das hört, setzt sie sich noch ein bisschen aufrechter hin, wedelt noch ein bisschen mehr mit dem Schwanz und schaut die Zweibeiner hoffnungsvoll und freundlich an. „Aber das Alter…!" Es stimmt, sie ist nicht mehr die Jüngste. Sieben Jahre ist sie alt. Aber ist das wirklich zu alt, um in einem schönen Zuhause zu leben? Das Alter merkt man ihr noch nicht an. Sie liebt Spaziergänge, je länger, desto besser. Sie liebt es, mit anderen Hunden zu toben, am liebsten mit Rüden, aber inzwischen ist sie auch da nicht mehr wählerisch. Sie könnte stundenlang einem Ball hinterherjagen, wenn es denn einen Zweibeiner gäbe, der ihr einen solchen geduldig werfen würde. Manchmal hört sie Worte wie „Hundesport" oder „Dog Dancing" oder „Agility". Dann spitzt sie die Ohren: All diese Worte hören sich vielversprechend an, und sie würde so gerne einen solchen Sport für Vierbeiner ausprobieren.

Dann wieder hört sie Wörter wie „… nicht erzogen…" und „kennt vieles nicht" oder „sie kann doch nichts…". Ja, die Zweibeiner, die solche Dinge sagen, haben Recht. Zumindest teilweise. Sie kann all die tollen Kommandos nicht. Sie hat nie eine Hundeschule besucht. Sie hat nie die Chance gehabt, zu lernen und das Gelernte anzuwenden. Die Leute im Tierheim sagen, sie sei nicht dumm. Im Gegenteil: Die Freiwilligen, die mit ihr hin und wieder spazieren gehen, sind begeistert, wie schnell sie lernt. Sie loben sie, dass sie inzwischen schon weiß, dass sie sich hinsetzen soll, wenn ihr das Geschirr angezogen wird. Oder bevor sie eine Straße überqueren soll. Sie hat gelernt, dass sie Espera heißt – die Wartende. Eine der Freiwilligen hat sie so genannt, weil diese aus einem Land kommt, das Spanien heißt und La Espera auf Deutsch die Wartende heißt. Sie hat gelernt, dass sie ein Leckerli bekommt, wenn sie das tut, was die Zweibeiner von ihr wollen. Sie lernt schnell, und sie ist bemüht, das zu tun, was die Zweibeiner von ihr erwarten. Es stimmt, dass sie wenig gelernt hat, was andere, glücklichere Hunde lernen. Dafür hat sie andere Dinge lernen müssen: Wie weh es tut, ihre Welpen gehen zu sehen. Wie traurig es sein kann, wenn man nur dafür da ist, Welpen in die Welt zu setzen. Wie sehr es schmerzt, immer nur zu warten. Wie traurig es ist, wenn man das Tierheim als Zuhause bezeichnen muss. Sie hört Worte wie „… nicht mit Männern…", und sie weiß, dass die Zweibeiner Recht haben. Sie bevorzugt Frauen, mag ihre ruhigen, sanften Stimmen. Vor Männern hat sie Angst; sie hat gelernt, dass Männer dazu neigen, zu schlagen oder nach ihr zu treten, sie anzuschreien und ihre Welpen wegzunehmen.

Die Hündin fühlt sich einsam. Sie ist traurig, hoffnungslos. Heute Abend hat sie nicht gefressen. Seitdem ihre Zwinger-Freundin am Morgen abgeholt wurde, hatte sie keinen Appetit mehr. Auch dem Ball, den eine der Pflegerinnen ihr heute Nachmittag geworfen hatte, war sie nicht mehr hinterhergelaufen. Sie hat das Gefühl, ihr Leben habe keinen Sinn mehr.

Langsam werden ihre Augenlider schwerer. Noch einmal seufzt sie auf. Sie streckt sich und schläft langsam ein.

In dieser Nacht träumt sie. Sie träumt, dass da draußen, außerhalb des Zwingers, außerhalb der Mauern des Tierheims ein Zweibeiner ist, der nur auf sie gewartet hat. Vorzugsweise ein weiblicher Zweibeiner. Eine Zweibeinerin, die sie sieht – hier im Tierheim oder dort, was die Pflegerinnen im Tierheim als Internet bezeichnen. Sie träumt davon, dass dieser weibliche Zweibeiner zu ihr kommt, sie in ihrem Zwinger besucht. In diesem Traum begrüßt die Hündin diese Frau besonders freundlich – allerdings hat sie sofort das Gefühl, dass sie gar nicht besonders doll mit dem Schwanz wedeln muss oder sich besonders anstrengen muss zu lächeln. Sie spürt bereits jetzt im Traum diese besondere Verbindung; eine Verbindung, die sie so noch nie gespürt hat. Sie fühlt sich bereits jetzt im Traum sicher und geborgen und hat das Gefühl von Gewissheit, dass Streicheleinheiten und Leckerlies, liebe Worte und lange Spaziergänge, ein schönes Zuhause und ein warmes Bett auf sie warten. Die Hündin träumt, dass sie viele neue Abenteuer erleben wird: Spaziergänge in Gegenden, von denen sie gar nicht wusste, dass diese existieren. Hundesport und andere aufregende Dinge. Die Hündin spürt, dass sie lernen wird, lernen darf, dass sie viele neue Dinge kennenlernen wird und dass es aufregend sein wird, das Leben eines Zweibeiners kennenzulernen, der nur auf sie gewartet hat. Sie träumt vom Bauchkraulen und dass sie einen richtigen Namen bekommt. Sie träumt von vollen Futterschüsseln und Knabbereien. Sie träumt davon, nicht mehr die Wartende zu sein, sondern ein Zuhause zu haben, in dem sie nicht nur Welpen zur Welt bringen muss, sondern in dem sie geliebt wird, trotz ihres großen Gesäuges, ihres fehlenden Wissens und ihres fortgeschrittenen Alters. Im Traum spürt sie ein Gefühl von Geborgenheit und Zuversicht. Von Ankommen und Heimat, von Liebe und Hoffnung. Über diesen träumerischen Gedanken fällt die Hündin in einen tiefen Schlaf.

Zur gleichen Zeit sitzt eine Frau an ihrem Computer und durchforstet die Seiten der Tierheime in ihrer Nähe. Sie ist auf der Suche nach einem Hund. Nicht irgendeinem Hund. Einem Hund, vorzugsweise einer Hündin, zu der sie auf den ersten Blick eine Verbindung hat. Eine Golden-Retriever-Hündin soll es sein. Noch nicht ganz so alt, möglichst gesund. Ein großes Wissen oder das Kennen vieler Befehle ist für sie keine Voraussetzung – sie kennt sich mit Hunden aus, weiß um ihre Fähigkeiten, einen Hund zu trainieren. Sie hat das nötige Selbstvertrauen, einen Vierbeiner auszubilden. Außerdem hat sie Spaß an Hundesport, an langen Spaziergängen, daran, draußen in der Natur Dinge zu erleben. Bieten kann sie ein liebevolles Zuhause, in dem der Hund König oder vorzugsweise Königin ist. Streicheleinheiten gehören natürlich dazu. Sowie Liebe und Geborgenheit. Sie selbst fällt aus dem Raster, deswegen macht es ihr nichts aus, wenn der Hund es auch tut.

Sie klickt die Seiten an, sie durchforstet die Profile. Sie lässt sich treiben, schaut auf die Bilder, überfliegt die Texte. Sie will schon aufgeben, da bleibt ihr Blick hängen an einem Bild. Dieser Blick. Der schief gelegte Kopf. Sie liest die Beschreibung. Klickt durch die beigefügten Bilder. Liest erneut den Text, den das Tierheim formuliert hat, in der Hoffnung, die Wartende möge endlich ein neues Zuhause finden. Sie vergrößert die Bilder, schaut in die wachen, freundlichen Augen, bemerkt das Lächeln, das glänzende Fell.

Noch wehrt sie sich gegen das Gefühl, das sich ihrer bemächtigt. Noch lässt sie Vernunft walten, ruft sich all die Gründe ins Gedächtnis, warum dies vielleicht keine gute Idee wäre. Sie seufzt. Sie streckt sich. Schaut erneut auf das erste Bild, welches ihre Aufmerksamkeit auf sich gezogen hat. Tief in sich spürt sie ein Gefühl, das sie kennt. Ein Gefühl von Zusammengehörigkeit und Schicksal. Ein Anflug von Wärme und etwas, das sich bereits wie Liebe anfühlt.

Sie wendet sich ab, schaltet den Computer aus. Sie geht ins Bett, kuschelt sich in ihre warme Decke. Sie streckt sich und stößt einen Seufzer aus. Keinen wohligen, eher den Seufzer des Zwiespalts, der Hemmung, des fehlenden Mutes. Wieder und wieder denkt sie an die Bilder, die sie gesehen hat, wiederholt für sich den Text, den sie inzwischen fast auswendig kann. Sie erlaubt ihren Gedanken zu träumen; sieht sich, wie sie mit der Wartenden lange Spaziergänge in dem von ihr bevorzugten Naturschutzgebiet macht. Sieht sich auf dem Hundeplatz, übend für die Begleithundeprüfung. Fühlt sich einen warmen Hundebauch kraulen. Spürt im Halbschlaf, wie ihre Hände durch ein seidiges, goldenes Hundefell streicheln. Spürt den warmen Hundeatem, sieht das für Golden Retriever typische Lächeln.

Sie fällt in einen tiefen, unruhigen Schlaf. Wenn sie für kurze Momente aufwacht, überfallen sie Gedanken der Vernunft. Energiekrise. Teuerungsrate. Rente. Kleine Wohnung. Gesundheit. Dann wieder umhüllen sanfte Träume sie, und sie sieht sich mit einer Hundeleine in der Hand. Mit einem Beutel voller Leckerlies auf dem Hundeplatz. Spürt die Wärme eines weichen Hundekörpers.

Als sie morgens aufwacht, führt ihr erster Weg zu ihrem Computer. Nein, es war kein Traum. Die Hündin ist noch da. Und sieht genauso aus wie die Hündin in ihren Träumen. Lange betrachtet sie das Foto, das am Abend zuvor ihre Aufmerksamkeit erweckt hat. Sieht in die freundlichen, bittenden, treuen Augen. Mit dem Zeigefinger streicht sie über den Hundekopf auf ihrem Computerbildschirm, lässt ihre Hand über den kalten Bildschirm wandern, dem Rücken der Hündin folgend. Noch einmal schaut sie in das Gesicht der Golden-Retriever-Dame. Sieht die freundlichen Augen, das Lächeln. Und in diesem Moment weiß sie: Dies ist ihre neue Seelenhündin, ihre Verbündete, ihr Schicksalshund.

Und in diesem Moment hört die Wartende auf, La Espera zu sein. Auf dem Weg zum Tierheim denkt die Frau sich einen neuen Namen aus. Den ersten richtigen Namen, den die Hündin haben wird. Den Namen, der sie zu einer Hündin macht, die ein liebendes, warmes Zuhause hat.

Merlin

Gestatten? Mein Name ist Merlin. Ich bin ein großer – na ja, vielleicht eher mittelgroßer – Rüde. Ein stattlicher Rüde mit einem großen, schweren Kopf und wunderschönen braunen Augen. Dass einer meiner Eltern ein Schäferhund gewesen sein muss, sieht man mir an, denn ich habe die typische Färbung eines Schäferhundes, einen dicken Schwanz und ein glänzendes, schönes Fell. Überhaupt bin ich ein sehr schöner Hund. Das sagen zumindest meine Menschen und die Menschen, die wir auf der Straße treffen. Und auch die Hündinnen, die wir so unterwegs treffen, sind meist sehr begeistert von mir.

Ursprünglich komme ich aus Russland. An einem Bahnhof hatte mich mein ehemaliger Besitzer an einen Laternenpfahl angebunden, und da saß ich tagein, tagaus, wartend, hoffend, bangend, bis sich Tierschützer meiner erbarmten und ich nach langer, langer Reise hier in Deutschland ankam.

Hier lebe ich in einem tollen Rudel und bin der Chef im Rudel. Na gut, der eigentliche Chef ist mein Herrchen. Manchmal versuche ich, ihm seine Position streitig zu machen. Wenn er von der Couch aufsteht, um etwas zu holen, dann setze ich mich ganz schnell auf seinen Platz. Und beim Zubettgehen versuche ich, mich auf seine Seite des Bettes zu legen. Ich werde aber sofort wieder hinuntergeschmissen, da versteht Herrchen gar keinen Spaß. Manchmal mache ich auch nicht das, was ich tun soll. Dann sagt Herrchen „Sitz!" und ich denke mir, das mache ich noch lange nicht. Aber wenn Herrchen mich dann ein bisschen böse anguckt und die Stimme hebt, dann sehe ich doch zu, dass ich meinen Popo ganz schnell auf den Boden bewege. Aber ansonsten bin ich der Chef. Gut…, dass ich mich nicht die Treppe hinaufzugehen traue, wenn einer der Katzen auf der Stufe sitzt, das hat, glaube ich, bisher noch niemand gesehen. Und wenn einer der Katzen in meinem Körbchen liegt, dann suche ich mir lieber ein anderes – schließlich bin ich ein sehr höflicher und freundlicher Hund. Aber ansonsten bin ich hier tatsächlich der Chef, Ehrenwort!

Ich liebe Spaziergänge. Möglichst lang sollten sie sein. Und am liebsten gehe ich in den Wald oder aufs Feld. Noch toller ist es, wenn wir irgendwo sind, wo ich einmal ohne Leine laufen kann. Das geht nur leider fast nie, denn ich jage für mein Leben gerne. Und nur, wenn ich wirklich richtig gut drauf bin und richtig gut höre und wenn die Zweibeiner genug Fleischwurst dabeihaben, dann lassen sie mich manchmal laufen. Und dann tobe ich, hin und zurück, mit großen, weit ausholenden Schritten. Manchmal tobe ich so auch im Garten, die Treppe hoch, um die Hütte, eine große Kurve, die Treppe hinunter, dann wieder in die Küche umdrehen und das Ganze noch einmal. Dieser Spielspaß endet damit, dass ich ganz dringend ein Loch buddeln muss, um meine letzte Energie loszuwerden. Wenn ich im Blumenbeet oder auf dem Rasen buddele, bekomme ich Ärger, das findet Herrchen nicht so schön. Aber an einer Stelle darf ich das, und da ist schon ein richtig großer Krater entstanden. Meine Freundin Milla legt sich dort gerne rein, wenn sie ihre Ruhe haben will. Seht ihr, da habe ich ihr doch einen großen Gefallen getan.

Am schönsten sind übrigens die Spaziergänge, zu denen wir mit dem Auto hinfahren. Die sind meist etwas Besonderes. Das Problem ist nur, dass ich nicht ins Auto springen mag. Können tue ich das schon, eigentlich ist das für mich ein Leichtes, aber Herrchen muss mich da ganz schön bitten. Und erst, wenn er dann etwas energischer wird, springe ich mit einer Leichtfüßigkeit in den Kofferraum, dass niemand der Zweibeiner weiß, warum ich vorher so ein Theater gemacht habe. Weil ich es kann, natürlich, warum denn sonst?

Fressen tue ich auch für mein Leben gerne. Alles. Leckerlies. Menschenfutter. Das, was ich fressen darf, aber auch das, was ich nicht fressen darf. Wenn meine Zweibeiner nicht aufpassen, dann klaue ich auch schon einmal etwas vom Tisch. Die Käsestangen, die meine Menschen neulich zum Abendessen verspeisen wollten, waren zum Beispiel sehr lecker. Der Stollen, den ich letztes Jahr in der Weihnachtszeit geklaut habe, war nicht ganz so lecker. Gefressen habe ich ihn trotzdem – nein, nicht nur ein paar Scheiben, das ganze Ding. Danach waren Herrchen und Frauchen ganz furchtbar aufgeregt und haben noch beim Tierarzt angerufen. Aber ich habe das alles gut verkraftet, kein Problem. Muss ich aber nicht wieder haben. Wenn Leckerlies ins Spiel kommen, dann hört bei mir der Verstand auf zu arbeiten. Dann springe ich im Kreis um meine Menschen herum und es fällt mir schwer, mich auf ein „Sitz!" oder „Platz!" zu konzentrieren. Das ist dann aber auch sehr viel verlangt. Beim Futter bin ich so unheimlich schnell, dass mir das Herrchen einen Napf gekauft hat, in dem so komische Noppen drin sind; das Futter verfängt sich dann in den Ritzen und ich kann nicht so schnell fressen. Seitdem fresse ich tatsächlich langsamer. Das „Sitz!" vor der Napfbefüllung finde ich allerdings gänzlich überflüssig. So eine Zeitverschwendung.

Ich habe eine überragende Fähigkeit. Ich kann Gewitter bereits hören, bevor es wirklich anfängt zu donnern. Aber ich weiß sofort, wann Gewitter aufziehen. Das ist für mich sehr wichtig, denn auch wenn ich ein großer, stattlicher Rüde bin, habe ich furchtbare Angst vor allem, was donnert. Also vor Gewitter. Und vor Feuerwerk. Vor dumpfen Geräuschen, wie sie manchmal von Lastwagen kommen. Wenn es donnert, dann verkrieche ich mich am liebsten. Am besten eignet sich dafür das Bett, und noch besser ist es, wenn die Menschen dann auch im Bett liegen. Da fühle ich mich dann wenigstens ein bisschen sicher, allerdings lässt das Herrchen das nicht zu und schmeißt mich gleich wieder hinaus. Das Frauchen ist da ein bisschen großzügiger, die versteht mich und macht mir sogar noch Platz, wenn ich Angst habe. Und hat auch Verständnis dafür, dass ich nach dem Gewitter noch ein wenig länger im Bett liegen bleiben muss, vorzugsweise die ganze Nacht. Man weiß ja nicht, was alles noch passiert.

Wenn ich die Wahl habe, dann bin ich ein Langschläfer. An zwei Tagen in der Woche muss ich morgens nicht so früh aufstehen. Das sind mir die liebsten Tage überhaupt. Da kann ich länger schlafen, kann mich zwischendurch einmal strecken, mich schütteln und dann wieder in mein Körbchen kuscheln. An den meisten anderen doofen Tagen muss ich aufstehen, wenn es noch dunkel ist, damit Herrchen mit uns die erste Runde gehen kann. Das finde ich eher suboptimal und manchmal muss Herrchen mich ganz schön lange rufen, bis ich endlich komme.

Mein idealer Tag sieht folgendermaßen aus: Ich schlafe lange. Danach gibt es die erste schöne Runde. Nicht so eine doofe, langweilige Runde durchs Wohngebiet, sondern am besten eine durch den Wald, auf der ich viel schnüffeln und ein bisschen jagen kann. Dann gibt es eine Napfbefüllung – möglichst die, die Herrchen macht, denn der ist immer viel großzügiger als das Frauchen. Am besten ist es, wenn die Menschen uns noch Kartoffeln oder Nudeln oder Reis übriggelassen haben und damit unser Fressen aufbessern. Danach ist es am besten, wenn wenigstens einer der Zweibeiner da ist und ich den ganzen Vormittag auf der Terrasse liegen kann. Sonne ist natürlich am schönsten dabei, wenn die so schön mein Fell wärmt und ich mich so wohlig ausstrecken kann in der Sonne, dann ist das wunderbar. Aber so lange ich ein Körbchen habe, liege ich auch bei schlechterem Wetter gerne draußen. Ich kringele mich dann ein, döse vor mich hin, höre auf die Geräusche, die es im Garten oder auf der Straße so gibt. Manchmal lasse ich die Nachbarschaft wissen, dass ich hier wache und niemand aufs Grundstück kommt, dem ich das nicht erlaube. Und dann döse ich weiter. Mittags, da bin ich mit den Zweibeinern sehr großzügig, kann es ruhig eine kurze Runde geben, solange es danach ein paar Snacks gibt. Kaninchenohren sind etwas, das ich sehr gerne fresse. Oder getrockneten Pansen. Gut, wenn nichts anderes geht, dann auch die Sticks, mit denen wir unsere Zähne saubermachen sollen. Wenn es überhaupt etwas gibt, dann bin ich schon zufrieden. Und gegen Abend hätte ich dann gerne noch eine lange Runde zum Gassigehen, auch bevorzugt an einem schönen, spannenden Ort. Wenn danach der Napf noch einmal gut befüllt wird, vielleicht sogar mit Dose oder gekochten Hühnerherzen als Ergänzung, dann bin ich rundum zufrieden. Danach muss ich schnell sein, um mir einen Platz auf der Couch zu ergattern. Wenn ich Glück habe, sitzt das Frauchen mit auf der Couch. Die verbiegt sich so, dass ich genug Platz habe. Dann setzt sich Herrchen in seinen Sessel und alles ist gut. Wenn Herrchen auf die Couch will, dann habe ich Pech gehabt, dann muss ich in einem Körbchen liegen. Irgendwann ist mir das dann auch egal, dann schlafe ich tief und fest und meine Pfötchen rennen im Traum; ich schnüffele im Traum oder jage Hasen und erlebe die schönen Spaziergänge des Tages noch einmal. Wenn mich nebenher dann noch jemand sanft krault, dann ist es der perfekte Abschluss des Tages.

Natürlich habe ich auch Angewohnheiten, die meine Menschen zum Schmunzeln bringen. Ich mache zum Beispiel mein großes Geschäft am liebsten, wenn mich dabei etwas am Popo kratzt. Irgendwelche stacheligen Pflanzen zum Beispiel; dann schimpft Herrchen immer ein bisschen, vor allem dann, wenn diese Pflanzen in einem Vorgarten stehen und er das Problem hat, meinen Haufen da wieder herauszuholen. An Baumstämmen lässt sich auch wunderbar ein Geschäft machen oder auf einen großen Stein. Hauptsache auf etwas drauf, und Hauptsache, es kratzt mich dabei am Popo.

Keine Katzentoilette ist vor mir sicher. Gut, ein Katzennapf auch nicht, aber da haben die Menschen ja schon dazugelernt und stellen die jetzt immer so blöd hoch aufs Regal. Aber ich plündere, quasi als Dessert, die Katzentoiletten. Schmeckt gut, kann ich nur empfehlen. Da hilft auch kein Pulver, das mir die Menschen über mein Fressen streuen, ich kann es einfach nicht lassen.

Wenn ich gekrault werde, will ich immer versuchen, die Menschen spielerisch in die Hände zu beißen. Manchmal zwacke ich dann ganz schön fest zu, scheint mir, denn dann sagen die ganz laut „Aua!" und sind nicht so erfreut. Gut, kann ja mal passieren, im Eifer des Gefechts. Tut mir dann ja auch leid, bis zum nächsten Mal.

Herrchen nennt mich manchmal einen sturen Bock. Was ich nicht will, das will ich nicht. Und dann werde ich alles daransetzen, es auch nicht zu tun. Ihr macht ja auch nicht alles, oder? Warum sollte ich das dann machen?

Ja gut, meist gebe ich dann doch klein bei. Um des lieben Friedens willen, versteht sich.

Ob ich glücklich bin mit meinem Leben? Sehr! Ich liebe mein Rudel, vor allem Herrchen und Frauchen. Ich habe das beste Rudel überhaupt und ich bin allen Menschen, die dafür gesorgt haben, dass ich zu meinem Rudel gekommen bin, unendlich dankbar. Und ich hoffe, dass ich noch ganz, ganz lange bei diesem Rudel bleiben kann. Für immer, und für immer soll noch sehr, sehr lang sein.

Milla

Fordernd schiebt sich eine Hundeschnauze unter meine Hand. Ich sitze an meinem Notebook, muss mich konzentrieren. Deswegen versuche ich die Aufforderung zu ignorieren. Zu der Hundeschnauze kommt das linke Vorderbein, das mit seiner Pfote auffordernd und deutlich beginnt, an mir zu kratzen. Ignorieren unmöglich. Und zwecklos. Ich weiß, wenn ich Milla jetzt nicht ihre Streicheleinheiten gebe, dann wird sie keine Ruhe geben. Also blicke ich auf von meiner Arbeit auf, streichele der Hündin über ihren Kopf und durch ihr weiches, kuscheliges Fell. Genießerisch schließt sie die Augen. Ich weiß, dass das jetzt stundenlang so weitergehen könnte. Eine Minute gebe ich ihr noch, weiß ich doch, dass es nicht selbstverständlich ist, dass sie uns so offen und deutlich ihre Zuneigung zeigen kann. Irgendwann aber rufen meine Pflichten. Erst sanft, dann deutlicher, sage ich der Hündin, dass es jetzt gut sei. Sie sieht das anders, versucht erneut, meine Hand dazu zu bewegen, sie weiter zu streicheln. Doch diesmal setze ich mich durch. Ich grinse amüsiert: Fast, als wäre sie beleidigt, wirft Milla den Kopf nach hinten und geht zurück zu ihrem Platz.

Dass Milla ihre Zweibeiner in dieser Art und Weise akzeptieren und ihre Liebe so deutlich zeigen kann, ist bewundernswert. Sie kommt ursprünglich aus Russland. Von Tierschützern wurde sie auf der Straße aufgelesen. Über ihre Geschichte weiß man nichts, doch besteht zu vermuten, dass sie einmal für kurze Zeit ein Zuhause hatte, denn Streicheleinheiten, Treppen, überhaupt eine häusliche Umgebung schienen ihr vom ersten Tag vertraut oder zumindest nicht wirklich neu zu sein. Wie in vielen anderen Ländern auf dieser Welt, sind Hunde in Russland Wegwerfartikel. Reiche Russen legen sich für die Dauer der Sommermonate, die sie in ihren Datschen verbringen, junge Hunde zu, zum Zeitvertreib, zur Unterhaltung, zur Gesellschaft. Nach Ende des Sommers oder dann, wenn sie ihren Status des niedlichen Junghundes verloren haben, werden diese Hunde auf der Straße ausgesetzt. Dort schließen sie sich meist mit anderen Hunden zusammen.

Ganze Rudel bevölkern die Straßen in den Außenbezirken der Städte. Hartnäckig halten sich Gerüchte, dass diese Hunderudel Menschen angreifen und als aggressive Horden die Vorstädte unsicher machen. Dies gibt wiederum manchen Menschen die Legitimation, aggressiv und skrupellos gegen die Hunde vorzugehen, nach ihnen zu treten, sie zu schlagen, ihre Wut und Aggression an ihnen auszulassen. Hundefänger gehen äußerst brutal vor, um die Hunde einzufangen und in Tötungssheltern abzuliefern, um eine Prämie abzukassieren, die die Städte und Gemeinden zahlen, damit die Straßen hundefrei werden. Staatliche Tierheime gibt es kaum, Hunde sind in dieser Gesellschaft ein wertloser Gegenstand.

Umso bewundernswerter ist es, dass sich überall in dem großen Land freiwillige Tierschützer zusammentun und gegen die hundefeindlichen Gesetze, die Vorurteile und Aggressionen sich dafür einsetzen, die Leben dieser Hunde zu retten. Durch eine solche Organisation in Kazan wurde auch Milla von der Straße gerettet. Aufgenommen in einem privat gebauten und durch Spenden finanzierten Tierheim. Liebevoll versorgt, kastriert, geimpft, tierärztlich untersucht.

Die „Hundehilfe Russland", eine in Deutschland ansässige Tierschutzorganisation, versucht dann die geretteten Tiere hierher zu vermitteln. Liebevolle Profile mit wunderschönen Fotos werden erstellt. Die Freiwilligen, die sich um die Tiere in den privaten Tierheimen kümmern, bemühen sich die Hunde kennenzulernen und herauszufinden, welchen Charakter das jeweilige Tier hat. Selbst einen Katzentest, für viele Menschen, die ein Rudel mit Tierschutztieren haben, eine wichtige Voraussetzung zur Adoption, machen sie möglich. Ich sehe noch das Video vor mir, das mir die Organisation von Milla geschickt hatte: Milla, umgeben von Katzen, sitzt kerzengerade und traut sich nicht, sich umzusehen, starrt stur geradeaus, nicht wissend, was sie von den schnurrenden kleinen Wesen halten soll. Keine Aggression, kein Jagen, lediglich Unsicherheit gepaart mit dem Wunsch, dass dieses Experiment möglichst schnell zu Ende geht.

Auf die Distanz hinweg und nur unserem Bauchgefühl, der Einschätzung der Tierschützer vor Ort und den Fotos und Videos vertrauend, entschließen wir uns, Milla bei uns ein neues Zuhause zu geben. Es beginnt eine aufregende Zeit – für die Hündin ebenso wie für uns. Bei uns ist es die Vorfreude, die Aufregung, das Hinfiebern auf den Tag, an dem der nächste Transport stattfinden kann. Für Milla stehen letzte Impfungen und Untersuchungen an. Dann der Tag der Abreise. Von Kazan wird Milla mit anderen Hunden nach Moskau gebracht – bereits eine sehr lange Strecke muss sie dafür zurücklegen. Zwischendurch immer wieder Fotos; bei Google Maps verfolgen wir die Strecke. In Moskau dann wird der Transport nach Deutschland zusammengestellt. Unklar ist, ob er die Grenze wird passieren können. Immer wieder gibt es Gerüchte, dass die Grenzen Russlands dichtgemacht werden, keine Tiere mehr passieren dürfen. Bisher scheint alles in Ordnung zu sein, es besteht Hoffnung. Der Wagen mit den Tieren macht sich auf den Weg. Wir verfolgen gespannt alles mit, hoffen, beten, verfolgen die Fahrtzeit im Routenplaner. Dann die ernüchternde Nachricht: Unendlich lange Schlangen an der Grenze. Nicht stundenlanges Warten, sondern eher tagelanges. Wir leiden auf die Entfernung mit den Hunden mit. Wie müssen sie sich fühlen, in ihren Boxen? Haben sie Angst? Sehr wahrscheinlich, denn sie wissen gar nicht, was mit ihnen passiert. Man kann es ihnen ja auch leider nicht erklären. Und auch wenn sie nur einen Platz in einem privaten Tierheim ergattern konnten, so haben sie dieses Zuhause wieder verloren. Sie wissen nicht, dass jenseits der Grenze und nach einer langen Fahrt ein neues, schönes Zuhause auf sie wartet, in dem sie bereits sehnsüchtig erwartet werden.

Immer wieder kommen Nachrichten. Nein, sie stehen immer noch. Nein, sie wissen nicht, ob und wann sie die Grenze passieren werden. Dann Gerüchte, die Grenzen werden ganz zugemacht. Und irgendwann die große Erleichterung, als klar ist, dass der Wagen mit den Tieren die Grenze passiert hat. Die Hunde sind in der EU, sind nun fast in Sicherheit. Wieder verfolgen wir die möglichen Routen des Wagens, berechnen Ankunftszeiten, hoffen, bangen. Wir fiebern mit, und immer wieder fragen wir uns, wie es den Hunden, wie es unserem Hund wohl gehen mag? Wir wünschen ihnen, dass sie einigermaßen entspannt sein können. Auf der anderen Seite stellen wir es uns schlimm vor, in einer Box in einem Transporter diese lange Reise zu machen. Nur mit kurzen Pausen. Die Angst der anderen Hunde um sich herum spürend. Unsicher, voller Trauer, nicht mehr im gewohnten Umfeld zu sein, erneut ein Zuhause verloren zu haben. Am liebsten würde ich dem Transporter entgegenfahren, ihm meine Milla entreißen, damit sie endlich weiß, dass sie in Sicherheit ist.

Und dann endlich ist der lang ersehnte Augenblick gekommen. Eine Reitanlage inmitten Nordrhein-Westfalens in den frühen Morgenstunden. Der Transporter fährt ein. Um ihn bildet sich eine Menschenmenge von aufgeregten Adoptanten und Pflegestellen. Einer nach dem anderen werden die Hunde ausgeladen. Und endlich! Endlich kann ich meine Milla in Empfang nehmen. Sie sieht aus wie auf den Fotos. Unsicher schaut sie um sich. In ihren groß aufgerissenen Augen kann man die Fragen sehen, die sich in ihrem Kopf gerade formen. Wo bin ich? Was soll ich hier? Was passiert mit mir? Sie hat wunderbar weiches Fell, keck nach oben gestellte Ohren und einen warmen, sanften Blick. Ich bin sofort verliebt. So ein wunderschöner Hund. Und dann fahren wir beide gemeinsam nach Hause.

Das Ankommen in ihrem neuen Rudel verläuft viel entspannter, als ich es mir gedacht hatte. Es ist, als zuckten unsere anderen Tiere nur mit den Schultern: Ein anderes Tier, na und, passiert ja immer wieder einmal. Ich bin erleichtert. Und erstaunt, wie unproblematisch es für Milla ist, in das neue Zuhause zu gehen. Keine Angst vor Türen, Treppen, Fliesen. Uns wurde im Vorfeld gesagt, es könne sein, dass die Hunde Angst hätten, eben weil sie eventuell kein Leben im Haus kennenlernen durften. Aber Milla scheint das entweder nichts auszumachen oder sie kennt bereits ein häusliches Umfeld.

Die nächsten Tage verbringen wir damit, uns gegenseitig kennenzulernen. Milla sucht sich ihren Platz in einer Ecke eines jeden Raums aus. Dorthin kann sie sich zurückziehen, dort fühlt sie sich sicher, von dort kann sie beobachten. Immer mehr lässt Milla es zu, dass wir sie streicheln. Und nach ein paar Tagen kommt sie das erste Mal an und fordert uns auf, ihr Streicheleinheiten zu geben. Ich habe bereits einige Erfahrung mit der Aufnahme von Tieren aus dem Tierschutz in meinem Zuhause. So unkompliziert und einfach ist es allerdings noch nie gegangen.

Milla lernt schnell. Bereits nach wenigen Tagen setzt sie sich brav, wenn ihr großer Hundebruder zum Sitzen aufgefordert wird. Nie haben wir richtig mit ihr trainiert, vielmehr hat sie sich alles von ihrem Kumpel abgeschaut. Sie weiß, dass sie an der Tür warten muss, bis sie ins Haus laufen darf. Sie weiß, dass sie sich setzen muss, bevor sie sich am Futternapf bedienen darf. Sie weiß, was „Sitz!" und „Bleib!" bedeutet, und sie gehorcht wunderbar. Obwohl ein wenig der russische Sturkopf durchkommt, wenn sie an das „Sitz!" erinnert wird oder erneut aufgefordert wird zu bleiben. Dann wirft sie ihren Kopf in der ihr typischen Weise nach hinten, und es ist, als rolle sie genervt die Augen. Setzt sich dann aber doch hin, denn schließlich ist sie eine ganze Liebe.

Die Plätze in den hintersten Ecken der jeweiligen Räume sind bis heute ihre Plätze geblieben. Auch wenn sie inzwischen manchmal auf dem Sofa liegt und auch gerne morgens ins Bett springt, um uns zu begrüßen und den Tag mit einer Kuscheleinheit zu beginnen, zieht sie sich am liebsten in ihre Ecken zurück. Die geben ihr Sicherheit, dort fühlt sie sich geborgen. Streicheleinheiten sind das Größte für sie. Stundenlang, wenn es nach ihr ginge, könnten die Zweibeiner sie streicheln. Und es wäre immer noch nicht genug.

Manchmal, ganz selten, können wir erahnen, dass Milla in ihrem Leben bereits Schlimmes mitmachen musste. Dann, wenn wir mit ihr schimpfen, oder auch nur, wenn sie denkt, wir könnten jetzt mit ihr schimpfen. Dann überkommt sie die Angst und vor lauter Aufregung und Anspannung geht dann oftmals ein kleines Geschäft daneben. Obwohl sie vom ersten Tag an stubenrein war und wir uns darauf grundsätzlich verlassen können. Aber die Angst, dass etwas Schlimmes passieren könnte, die begleitet Milla scheinbar immer noch und zeigt sich in solchen Momenten.

Neben dem Kuscheln sind Spaziergänge ihre Lieblingsbeschäftigung – lang und ausdauernd, weit und häufig. Sie hat einen großen Jagdinstinkt, so dass wir sie nie von der Leine lassen können; mit ihrem Jagdschrei vertreibt sie jedes Häschen oder Eichhörnchen, jedes Reh oder was auch immer sie im Wald zu hören gemeint hat.

Sie beeindruckt mich sehr. Mit welcher Selbstverständlichkeit sie ihr neues Leben hat annehmen, sich auf uns einlassen können! Wie sehr sie uns vertraut, trotz all der schlimmen Erfahrungen, die sie bereits machen musste! Und wie sie ihr neues Leben in vollen Zügen genießen kann!

Ich bin dankbar für ehrenamtliche Tierschützer, die es sich zur Aufgabe gemacht haben, Hundeleben zu retten und ihnen ein neues Zuhause zu suchen. Ich bin dankbar für all die Mühe, all die Energie und Tatkraft, die diese Menschen in die Rettung der Straßenhunde stecken.

Und ich bin dankbar für Milla, dass dieser wunderbare Hund zu uns gekommen ist. Es war Liebe auf den ersten Blick, und wir wurden nicht enttäuscht.

Kassel, an einem Tag im Frühjahr

Liebes Frauchen,

leider sind meine Pfoten so dick, dass ich Dir keinen Brief auf dem komischen Ding mit den Tasten schreiben kann, und auch sonst bin ich so ungelenk, dass ich nichts zu Papier bringen kann. Deshalb habe ich die Ruth gebeten, dass sie für mich diesen Brief tippt, denn ich habe Dir so viel zu erzählen und zu sagen. Das war auch der Grund, warum ich die letzten Male immer so an der Ruth hochgesprungen bin - wenn Du gedacht hast, ich wäre einfach nur begeistert von ihr, habe ich ihr einfach nur jedes Mal etwas Neues gesagt, was sie in diesen Brief packen muss. Denn wie sonst könnte ich Dir das alles sagen, wenn die Ruth sich nicht bereit erklärt hätte, alles für mich aufzuschreiben?

Als erstes muss ich Dir einfach ganz doll danke sagen, dass Du jetzt mein Frauchen und Rudel bist. Ich weiß, dass ich es nicht besser hätte treffen können, und ich bin ganz wahnsinnig glücklich, dass ich jetzt zu Dir gehöre. Ich mag Dich ganz doll gerne, und ich habe jetzt schon begriffen, dass Du für mich nur das Beste willst und ich alles von Dir haben kann. Ich habe auch schon gemerkt, dass Du mich eigentlich ganz gerne magst, auch wenn Du Dich immer noch sehr distanziert zu mir verhältst. Aber Du bist wirklich ein super tolles Frauchen. Ich finde es toll, dass Du mich so sehr verwöhnst, dass Du Dir solche Mühe gibst, um mich mit allem auszustatten und mir nur das Beste von allem gibst. Und ich bin so froh und dankbar, dass Du mich von meinem früheren Rudel weggeholt hast. Ich will nicht sagen, dass es mir da richtig schlecht ging, aber bei Dir ist es viel besser. Endlich habe ich meine eigenen Decken und Kissen und einen warmen und gemütlichen Platz zum Schlafen; ich bekomme ganz tolles Futter - und es tut mir leid, dass ich Dir im Moment noch keine Leckerlies abnehme (ich weiß, dass Dich das traurig macht, aber im Moment habe ich noch keinen rechten Appetit, aber ich bin mir sicher, dass das bald auch kommt); ich bekomme endlich Streicheleinheiten und ganz viel Liebe und Aufmerksamkeit und tolle Spaziergänge und einen Garten, in dem ich spielen und schnüffeln kann. Nur Dein Auto finde ich nicht so toll, obwohl ich weiß, dass mich die Josie ganz doll darum beneidet, aber vielleicht wird das ja auch noch. Auf jeden Fall habe ich es das erste Mal in meinem Leben richtig gut - bei Dir habe ich endlich ein Rudel, das mich liebhat und sich um mich kümmert, und das ist etwas ganz Tolles.

Vorher war mein Leben nicht so wirklich schön. Ich habe nicht viel von der Welt gesehen, musste immer nur hinter Gittern wohnen und toben, und die Zweibeiner haben sich so gar nicht richtig um mich gekümmert. Da war ich manchmal ganz schön einsam und traurig, und ich glaube, ich habe noch gar nicht viel gelernt. Umso mehr freue ich mich, dass ich jetzt einen Zweibeiner habe, zu dem ich gehöre und mit dem ich ein Rudel bilde. Ich bin super froh und dankbar, dass Du mich ausgewählt hast. Ich finde, wir beide sind ein tolles Rudel, und ich bin glücklich bei Dir.

Auch wenn ich mich von Anfang an bei Dir total wohlgefühlt habe, war ich tatsächlich auch ein wenig traurig. Ich habe nämlich das Gefühl gehabt, dass Du mich gar nicht wirklich liebhast. Du hast Dich zwar richtig gut um mich gekümmert, aber irgendwie war da so ein Gefühl, das mir gesagt hat, ich sollte Dir besser aus dem Weg gehen. Vielleicht habe ich es Dir ja auch sehr schwer gemacht. Es tut mir leid, dass ich am Anfang so viele Pfützen in Deine Wohnung gemacht habe - das wollte ich gar nicht, aber ich war so aufgeregt, dass ich das gar nicht einhalten konnte. Und ich weiß, dass ich auch ganz viel Theater mache beim Autofahren und dass Dir das Sorgen macht. Es tut mir leid, dass ich Dein schickes Auto so dreckig mache, aber mir wird immer soooo schlecht beim Autofahren, das ist mir unheimlich, weil alles so schnell an mir vorbei rauscht. Vor allem tut es mir leid, dass ich keine Katze bin- ich weiß zwar nicht, was eine Katze ist, aber Du hast gesagt, Du magst Katzen lieber, und seitdem ich das gehört habe, habe ich mir jeden Abend gewünscht, dass ich morgens als Katze aufwache und Du mich ganz doll liebhast. Aber das hat leider nicht geklappt. Auch das tut mir leid, denn eigentlich möchte ich Dich doch nur glücklich machen - und ich wünsche mir so sehr, dass Du mich richtig doll liebhast. Ich weiß nicht, was an einer Katze so viel besser ist als an einem Hund, aber ich weiß, dass ein Hund auch ganz viele Vorteile hat. Hunde sind nämlich ganz treue Seelen, und sie sind immer ehrlich und offen mit ihren Zweibeinern. Ich würde Dich auch nie kratzen, und außerdem kannst Du mit mir viel mehr anstellen als mit Katzen, Du kannst zum Beispiel tolle Spaziergänge mit mir machen oder mich überall mit hinnehmen oder ganz doll toben und spielen mit mir. Und wenn ich noch ein bisschen älter bin, kannst Du mir auch tolle Kunststücke beibringen, wie Pfötchengeben oder Socken ausziehen oder so etwas… Auch wenn ich keine Katze bin und Du lieber eine Katze hättest - vielleicht kannst Du ja doch auch das Positive an einem Hund sehen und mich dann ein bisschen mehr liebhaben?? Es tut mir auf jeden Fall leid, dass ich Dir so viele Sorgen bisher gemacht habe und dass Du es mit mir nicht einfach hattest. Ich verspreche Dir, dass sich das bald ändern wird und dass Du dann ganz stolz auf mich sein kannst.

Im Moment fühle ich mich ein bisschen verunsichert und ängstlich. Es gibt so viele neue Eindrücke. Auf einmal bin ich nicht mehr in meinem sicheren Zwinger und Freilauf, sondern ich muss richtig spazieren gehen, und dabei begegne ich ganz vielen Dingen, die ich nicht kenne und die mir Angst machen. Alles ist so laut, und ich weiß noch nicht so richtig, wo ich hinlaufen soll und was von einem anständigen Hund erwartet wird. Hab' bitte ein bisschen Geduld mit mir, ich bin mir sicher, ich kann das alles lernen, aber ich brauche noch Zeit. Ich wünsche mir im Moment ein Alphatier, das mir die Angst und die Nervosität nimmt. Ich glaube, es würde mir guttun, wenn Du Dir als mein Frauchen nicht so viele Sorgen machst, sondern mir mehr das Gefühl gibst, dass alles in Ordnung ist und dass ich mir keine Sorgen machen muss. Ich weiß zwar, dass Du vor mir keine Angst hast (das brauchst Du auch nicht, denn ich würde Dir nie etwas tun), aber ich merke, dass Du Angst hast, mit einem Hund umzugehen. Das brauchst Du aber nicht. Ich bin ganz unkompliziert, und das Leben mit einem Hund ist ganz einfach. Du musst nur ein bisschen stärker sein, ein bisschen selbstverständlicher mit mir umgehen, mir meine Grenzen zeigen, mir zeigen, wo es langgeht. Ich fühle mich am wohlsten, wenn ich ganz klar weiß, was ich darf und was ich nicht tun soll, wenn ich weiß, wo ich langgehen soll, wo ich schnüffeln darf, wo ich nicht hinsoll oder wo ich anhalten muss. Gib mir bitte ganz klare Regeln; ansonsten habe ich das Gefühl, dass Du unsicher bist und dass ich Dich beschützen muss und Dir zeigen muss, wo es langgeht, und ich glaube, dann findest Du nicht mehr, dass ich ein lieber Hund bin.

Jetzt, nachdem Du mich adoptiert hast, möchte ich einfach Deine allerbeste und treueste Freundin sein. Ich werde immer für Dich da sein, Dich immer ganz doll liebhaben, auch dann, wenn Du mich einmal anschreist oder mir mal weh tust oder mich einmal ignorierst oder gar zum Tierarzt bringst. Ich werde immer für Dich da sein: Wenn Du glücklich bist, dann werde ich mit Dir toben wollen, wenn Du traurig bist, dann kannst Du immer mit mir kuscheln, und ich werde zu Dir kommen, meinen Kopf auf Deinen Schoß legen und Dir zeigen, dass ich da bin; ich werde Dir bedingungslos folgen und Dich bedingungslos lieben und bedingungslos zu Dir halten. Egal, was Du sagst oder tust, ich werde nie über Dich lachen, Dich nie ablehnen und immer zu Dir halten. Aber damit ich das auch kann, habe ich einen großen Wunsch: Akzeptiere mich als Deinen Hund, gib mir ganz viel Liebe, nimm mich genauso bedingungslos an, wie ich Dich als mein Frauchen akzeptiere: Und wünsche Dir bitte nicht immer wieder eine Katze ins Haus. Denn genau das macht mich unsicher. Ich weiß dann nicht, ob Du meine Liebe erwiderst, und ich fühle mich unsicher, was Deine Gefühle für mich angeht. Und dann weiß ich noch nicht einmal, ob es Dir recht ist, wenn ich zu Dir komme oder Dich anspringe oder mit Dir spiele oder mir meine Streicheleinheiten abhole. Ich möchte Dich doch einfach nur liebhaben, aber das ist schwer, wenn Du Dir an meiner Stelle doch immer noch eine Katze wünschst oder einen anderen Hund. Um richtig selbstbewusst zu werden und mich gut zu entwickeln, brauche ich Sicherheit. Diese Sicherheit bekomme ich vor allem dadurch, dass ich weiß, dass Du hinter mir stehst und mich ganz toll findest.

Ich glaube, es gibt so einige Dinge, mit denen Du mir zeigen kannst, dass Du mich magst und dass Du mich ganz akzeptierst. Natürlich solltest Du ganz viel mit mir schmusen und mich kraulen und streicheln, das finde ich auf jeden Fall ganz toll. Und dann könntest Du einmal versuchen, ein bisschen mehr Spaß mit mir zu machen und alberner zu sein. Das ist bestimmt nicht einfach, weil Katzen das bestimmt nicht so toll finden, aber ich finde es super. Ruf mich doch einfach einmal zu Dir und dann fang an, Unsinn mit mir zu machen. Und wenn Du nicht weißt, wie das geht, dann musst Du Dir mal die Ruth angucken, die macht das eigentlich ganz gut. Und vielleicht magst Du mich in der nächsten Zeit einfach mal aus der Hand füttern. Gib mir - außer Dose und Hühnchen - gar nichts aus dem Futternapf, sondern nimm Dir die Zeit, mir mein Futter aus der Hand zu geben. Das ist bestimmt für einen Zweibeiner unheimlich umständlich, aber dann merke ich, dass Du es gut mit mir meinst, das hilft bestimmt total. Und wenn wir spazieren gehen, dann nimm einfach auch einmal die Leine kurz und geh etwas forscher mit mir um, dann fühle ich mich nämlich sicherer und bin nicht so nervös und leicht zu irritieren.

Vor allem aber: Lass Deine Gefühle für mich zu. Ich hab' zwar gehört, wie Du den Zweibeinern gesagt hast, dass Du mich doch ganz doll magst und dass Du mich nicht mehr hergibst, aber ich habe immer noch das Gefühl, dass Du da noch einiges zurückhältst. Ich verstehe gar nicht, warum?? Ich bin doch so ein lieber und hübscher Hund, eigentlich muss man mich doch einfach nur liebhaben, oder? Denk nicht so viel darüber nach, was Du mit mir machen sollst und was nicht gut ist und ob Du was falsch machst oder ob alles gut läuft. Hör doch einfach einmal auf Deinen Bauch: Mein Bauch sagt mir immer, was ich tun soll, ob ich jetzt bellen soll oder Angst haben muss oder ob ich ein Leckerli möchte oder toben will oder ob ich einen Zweibeiner mag oder einen Vierbeiner. Und dann muss ich gar nicht so doll denken, das kommt ganz automatisch. Vielleicht funktioniert das bei Zweibeinern ja auch? Einfach einmal nur auf den Bauch hören, sich nicht so viele Sorgen machen, den Bauch, das Herz und die Gefühle sprechen lassen. Das hilft ganz bestimmt, denn ich glaube, wenn Du die ganzen Sorgen einmal ausblendest und nur mich siehst und daran denkst, dass Du mich magst, dann kannst Du auch ganz anders umgehen mit mir. Meinst Du, Du könntest das einmal bitte, bitte versuchen??? Ich glaube, dann wäre ich ein noch glücklicherer Hund als ich jetzt schon bin. Und ich verspreche Dir auch, dass ich mich dann auch ganz vorbildlich verhalte und dass ich öfter zu Dir komme und Du nicht mehr den Eindruck haben musst, dass ich Dich ablehne. Tue ich nämlich gar nicht, ich bin nur vorsichtig Dir gegenüber, weil ich nicht weiß, ob Du mich wirklich magst oder ob Du mich nicht doch ablehnst. Aber wir kriegen das bestimmt hin, oder? Meinen Mary und Josie und die Ruth auch.

Ich wollte Dir auf jeden Fall mit diesem Brief zeigen, dass ich Dich sehr wohl ganz, ganz, ganz doll mag und hundemäßig froh bin, dass Du mein neues Frauchen bist. Ich weiß, dass Du daran zweifelst, aber ich kann Dir nur sagen, dass ich Dich soooooooooooooooooooo liebhabe und soooooooooooooooooooo dankbar bin, dass Du mich zu Dir geholt hast. Und ich hoffe, dass wir das beide zusammen hinkriegen.

Ach so, und dann wollte ich Dich noch fragen: Kann ich am Samstag oder Sonntag Mary und Josie treffen?? Bis dahin geht es mir doch bestimmt schon viel besser, außerdem sollen die beiden sehen, dass ich ein ganz tapferer Hund bin. Und außerdem vermisse ich meine beiden Freundinnen. Mary und Josie wollen auch, dass wir uns treffen, und die Ruth hat bestimmt auch gar nichts dagegen. Also, Frauchen, haben wir Zeit? Vielleicht könnt Ihr dann den langweiligen Kram machen und danach etwas zusammen essen und wir gehen spazieren zusammen?? Wäre echt cool.

So, ich hoffe, dass zwischen uns jetzt ein bisschen mehr Klarheit herrscht. Wir kriegen das hin, da gebe ich Dir meine Pfote drauf. Und ich hoffe, Du merkst jetzt, dass ich Dich ganz doll liebhabe!

Ach so, danke, dass Du Dich jetzt, wo ich krank bin, so toll um mich kümmerst. Ich bin Dir auch nicht böse, dass Du mich zum Tierarzt gebracht hast, ich weiß ja, dass es sein musste. Und danke, dass Du sogar bereit warst, das super teure Futter zu kaufen. Das ist echt toll, ich weiß nämlich, dass Mary und Josie nur etwas Billiges bekommen…

Jetzt gebe ich Dir mein freudigstes Schwanzwedeln, ganz viele Hundeküsse und ein freudiges Wuff-Wuff.

Deine Tavi

Ein viel zu kurzes Hundeleben

Winselnd sitzen die kleinen Geschöpfe in einer vor Dreck starrenden, mit einer dicken Decke aus Kot ausgelegten Reisetasche im Kofferraum des Kombis. Manche sind so schwach, dass sie es nicht mehr schaffen, ihren Kopf zu heben. Apathisch liegen sie mehr, als dass sie sitzen. Die Augen zum Teil noch geschlossen, sind sie so kraftlos, dass sie keinen Anteil an ihrer Umwelt nehmen. Die Welpen, deren Augen sich bereits geöffnet haben, starren ausdruckslos und teilnahmslos ins Leere. In ihren Gesichtern eine Mischung aus Erschöpfung und Hoffnungslosigkeit. Fast zwanzig Stunden ist es her, dass sie rücksichtslos von ihrer Mutter getrennt wurden. Fast zwanzig Stunden, in denen sie, ohne Gehör zu finden, nach ihrer Mutter geweint haben, mit schwachen Stimmen geschrien haben nach dem vertrauten Geruch des Muttertiers, nach ihrer Milch, nach Wärme und etwas, das ihnen Halt gibt.

In der Nähe von Bukarest erblickten die kleinen Malteser-Hunde das Licht der Welt. Wobei dies nicht ganz richtig ist, denn das Licht der Welt hat auch ihre Mutter in ihrem Leben noch nie gesehen. In einem kleinen Verschlag, fensterlos, dicht an dicht mit anderen Muttertieren, vegetiert sie vor sich hin, ohne jemals die Welt außerhalb des Bretterverhaus verlassen zu dürfen. Die Mutter kennt nichts, hat noch nie das Gefühl erlebt, das Gras unter ihren Pfoten machen könnte, hat nie eine streichelnde Hand erfahren, nie das Gefühl, in einem weichen Körbchen in der Sonne zu liegen und sich wohlig zu strecken. Seitdem sie im zeugungsfähigen Alter ist, sitzt sie in dem Verschlag. Ihr einziger Lebenszweck ist es, Welpen in die Welt zu setzen. Zu einem Dasein als Gebärmaschine verdammt, kann sie sich in ihrem Verschlag kaum bewegen. An den Beinen hat sie Geschwüre vom Liegen auf dem harten Betonboden. Ohne Kissen, ohne Einstreu, versteht sich. Ihr Körper ist ausgelaugt, wahrscheinlich ist sie krank. Ihr Gesäuge ist entzündet, da sie keine Zeit hatte, sich von dem letzten Wurf zu erholen. Deswegen war sie kaum in der Lage, den Wurf, der jetzt auf dem Weg nach Deutschland ist, ausreichend mit Muttermilch zu versorgen. Zu schmerzhaft war es, wenn die gierigen Welpenmäuler an ihren entzündeten Zitzen gezogen haben, so dass sie die kleinen Wesen oftmals weggebissen hat. Die Malteser-Hündin kann kaum noch aufstehen. Es wird nicht mehr lange dauern, vielleicht noch einen, maximal zwei Würfe, bis ihre Besitzer sie entsorgen werden; wenn sie gnädig sind, werden sie sie in einen Tötungs-Shelter bringen, wenn nicht, werden sie sie irgendwo auf der Straße aussetzen, wo sie einen qualvollen Tod sterben wird.

Sie hat ihren Besitzern bereits sehr viel Geld eingebracht. Noch nie hat sie einen Tierarzt gesehen. Das Futter, das sie erhält, besteht hauptsächlich aus Resten menschlichen Essens oder Billigfutter aus dem Discounter. Nie ist es wirklich ausreichend, vor allem nicht in der Zeit, in der sie tragend ist oder ihre Welpen säugt. Doch das interessiert die Vermehrer nicht. Sie selber stammt ebenfalls aus einem ehemaligen Wurf einer Hündin der gleichen Besitzer. Die Anschaffungskosten für sie waren demnach gleich null, und die Kosten, die die Besitzer für sie aufgebracht haben, sind erschreckend gering. Geboren und aufgewachsen ist sie unter den gleichen Bedingungen wie die Welpen, die sich in der dreckigen Tasche auf dem Weg in den Westen befinden. Sie hat nie ein hundewürdiges Leben leben dürfen. Hat nie erleben dürfen, wie warm und weich eine Decke oder ein Sofa sein können oder dass Menschen tatsächlich liebevoll sein können. Dass schöne Dinge in einem Hundeleben existieren können, hat sie nie kennenlernen dürfen. Und selbst wenn sie noch Hoffnung hätte, wüsste sie gar nicht, worauf sie hoffen sollte, weil sie so gar nichts jemals erfahren hat außer dem harten Betonboden, auf dem sie Welpen um Welpen geboren hat. Ihre Welpen werden im Westen, hauptsächlich in Deutschland, für viel Geld verkauft. Dort sind Menschen bereit, bis zu tausend Euro für einen Malteser-Welpen zu bezahlen, auch dann, wenn dieser keine Papiere hat. Die Rasse ist beliebt, gilt als Anfängerhund, der sich auch in Hochhauswohnungen wohlfühlt, klein und pflegeleicht. Der Bedarf kann nicht anders gedeckt werden, deswegen akzeptieren die Käufer auch Hunde, die ohne Papiere, ohne Impfung, ohne Chip zu ihnen gebracht werden.

Viel zu früh werden die Hundebabys vom Muttertier getrennt. Manchmal sind sie noch keine, manchmal gerade vier Wochen alt. Manche haben noch nicht einmal die Augen geöffnet, andere schauen so verstört in ihre Umwelt, wie es nur Lebewesen können, die in den Abgrund der Hölle geblickt haben. Einen Tierarzt haben sie selbstverständlich nie gesehen, denn dieser hätte Geld gekostet – Geld, das den Gewinn der Vermehrer schmälern würde. Natürlich sind sie nicht geimpft. Auch nicht entwurmt. Meist sind sie zu dünn. Oftmals infiziert, leiden im schlimmsten Fall an Tollwut, andernfalls vielleicht an Staupe oder Parvovirose. Die Grenze passieren sie illegal, ohne Chip, ohne Registrierung, in einer Reisetasche im dunklen Kofferraum. Kontrolliert wird wenig, überall fehlt Personal, das Augenmerk ist auf anderes gerichtet.

Die Vermehrer bedienen sich Mittelsmänner, die die Welpen, oftmals mehrere Würfe auf einmal, nach Deutschland bringen. Die Käufer wissen meist nicht, dass es sich um Welpen handelt, die aus dem Ausland kommen. Unter fadenscheinigen Gründen geben die Verkäufer an, die Welpen bis vor die Haustür zu bringen. Kurz vor der Übergabe werden sie notdürftig saubergemacht. Ein kleiner Welpe, die Aufregung, Sie wissen schon, da kann schon einmal ein Unglück passieren, entschuldigen Sie also bitte den Geruch. Schnell das Geld einkassiert, und schon sind sie weitergefahren, überlassen den oftmals kranken, schwachen, viel zu jungen Welpen seinen neuen Besitzern und seinem Schicksal. Manche überleben die ersten Tage in dem neuen Zuhause nicht. Andere beißen sich durch, aber sind für immer an ihrer Seele gezeichnet, werden für den Rest ihres Hundelebens Angst haben. Oftmals wechseln diese Tiere die Besitzer, weil sich viele Menschen überfordert fühlen, keine Beziehung, kein Vertrauen aufbauen können. Auf andere warten horrende Tierarztkosten, denn manche Käufer stehen zu ihrem Adoptionsversprechen und tun alles, was in ihrer Macht steht, um mit

Hilfe von Tierkliniken und Tierärzten, Infusionen und teuren Medikamenten das junge Tier zu retten und ihm die Chance auf ein glückliches Hundeleben zu ermöglichen. Wenn diese Tiere die Tortur der ersten Lebenswochen und diesen gnadenlosen Start in ihr Leben überleben, sind sie gezeichnet für den Rest ihres Hundedaseins. Viele von ihnen werden für immer anfällig sein für Krankheiten, andere werden verhaltensauffällig und ängstlich sein, wieder andere zeigen die Defekte, wie sie nur die über Generationen bestehende Inzucht hervorrufen kann.

Die Welpen in der Reisetasche zittern. Es ist viel zu kalt im Kofferraum, es zieht durch die Heckklappe. Es fehlt die Wärme der Mutter, die den kalten Betonboden zumindest ein wenig erträglicher gemacht hatte. Die Welpen haben Hunger. Sie haben Angst, ohne zu wissen, wovor. Einer von ihnen atmet nur noch stoßweise und sehr flach. Er wird die Fahrt nicht überstehen. Die Welpen fiepen, sehnen sich nach der Mutter, auch wenn sie von ihr oftmals gebissen wurden. Sie haben Hunger, sind dehydriert. Manche haben Schmerzen, andere sind dem Tod näher als dem Leben. Andere können durch den Eiter ihrer gerade geöffneten Augen kaum noch etwas um sich herum wahrnehmen. Alle riechen sie die Angst, die Anspannung. Manche geben auf, sitzen apathisch in der Ecke der dunklen Reisetasche, bewegen sich nicht mehr, starren vor sich hin, in der Hoffnung, dass das, was sie erleben, ein Ende haben möge, welches Ende auch immer.

Der nächste Stopp. Einer der Rüden wird aus der Reisetasche geholt. Mit Feuchttüchern wischen die Fahrer des Pkw den Welpen ab, entfernen notdürftig Kotreste aus seinem Fell, wischen ihm kurz über die Augen, damit die eitrige Entzündung sich nicht sofort zeigt. Es ist einer der stärkeren Welpen, seine Augen sind bereits offen und er schaut sich neugierig in der Helligkeit um. Vor lauter Schreck, dass sein dunkles Dasein auf einmal mit Sonnenlicht durchflutet wird, hört er auf zu jammern und nach seiner Mutter zu rufen. Die Männer schreiben eine Nachricht. Zwei Minuten später erscheint eine Frau mit zwei Kindern im Schlepptau. Entzückungsrufe erschallen. Neugierig wendet der Welpe ihnen den Blick zu, zuckt zurück, als die Frau vorsichtig nach ihm greift. Die Frau reicht das Geld an die Männer, 1.000 €, abgezählt in bar. Eine Quittung gibt es dafür nicht, auch keine Papiere, keinen Impfausweis, nichts. Der Frau ist es egal, seit Monaten versucht sie bereits einen Malteserwelpen zu bekommen – vergeblich. Es musste ein Malteser sein, weil diese so süß, so klein, so niedlich, so gefragt sind, weil ihre Freundinnen auch einen solchen Hund haben, weil diese Rasse angesagt ist und weil sie es sich in den Kopf gesetzt hatte. Die Art des Kaufes, die Art der Übergabe, sie hinterfragt es nicht. Zu glücklich ist sie, endlich den lang ersehnten Welpen in den Armen zu halten.

Ein wenig enttäuscht ist sie, dass das kleine Wesen so gar nicht reagiert. Fast apathisch hängt es in ihrem Arm, reagiert nicht auf streicheln, nicht auf ihre Stimme. Für einen kurzen Moment hat sie den Eindruck, sein Atem ginge schwerfällig, aber sie kann sich getäuscht haben, wahrscheinlich ist alles nur die Aufregung. Vorsichtig, zärtlich trägt sie den kleinen Hund in die Wohnung, zeigt ihm sein warmes Körbchen. Erschöpft sinkt der Welpe darin zusammen. Er reagiert nicht auf die ihm angebotenen Leckerlies – wie kann er auch, bisher kannte er nur Muttermilch, und die war streng rationiert. Noch denkt die Frau sich nichts dabei, dass der Welpe das ihm angebotene Futter nicht anrührt, entschuldigt dies mit der Aufregung und einer babyhaften Erschöpfung.

Am nächsten Tag wird sie misstrauisch. Der Kot des jungen Tieres ist flüssig, fast wie Wasser. Jetzt ist sie sich sicher, der Atem des Hundes geht rasselnd, schleppend. Und ein Schleier von Eiter hat sich über die Augen gelegt. Der Welpe ist apathisch. Die Augen sind offen, doch er scheint nichts wahrzunehmen. Und wenn die Frau ehrlich ist, dann wirkt sein Fell stumpf und die Rippen treten ein wenig zu sehr hervor.

Ein Besuch beim Tierarzt bestätigt ihre Vermutungen. Der Tierarzt schaut sie ernst über seine randlose Lesebrille an. Klärt sie auf, dass das Tier noch lange nicht abgabebereit gewesen wäre, viel zu früh, mehr als einen Monat zu früh, von der Mutter getrennt wurde. Er untersucht den jungen Rüden eingehend, schüttelt den Kopf. Viel Hoffnung macht er der Frau nicht. Er will es versuchen. Der Welpe bekommt Infusionen und Spritzen. Das Blut wird untersucht. Er soll in der Praxis bleiben. Die Frau weicht ihm nicht von der Seite, hält ihn auf ihrem Schoß. Mit liebevoller, sanfter Stimme spricht sie mit ihm, streicht sanft über seinen Rücken, hält seine Pfote. Sie fleht ihn an zu kämpfen, verspricht ihm ein glückliches Hundeleben voller Liebe und Zuneigung, voll guten Futters und warmer Körbchen. Sie blickt in seine kraftlosen Augen, sie fleht und betet, zu wem, weiß sie nicht, wiederholt nur immer wieder diese stumme Bitte.

Stundenlang sitzt sie mit dem kleinen Wesen auf ihrem Schoß. Es stört sie nicht, dass ihr Schoß nass vom Urin und Durchfall des Welpen ist. Hoffend, bangend verfolgt sie jeden Atemzug des jungen Tieres. Es entgeht ihr nicht, dass der Atem schwerer wird, rasselnder. Sie bemerkt, dass er nun die Augen durchgehend geschlossen hält, kaum noch reagiert, wenn sie ihn streichelt oder anspricht. Der Tierarzt kommt und geht, verabreicht Spritzen, holt eine Decke, schließt eine neue Infusion an. Nach einigen Stunden setzt er sich neben die Frau, sieht sie ernst an. Sie hört die Worte nicht, die er sagt, sie sieht den sorgenvollen Blick, sieht das Nicken. Und da weiß sie, dass dieser kleine Hund es nicht schaffen wird.

Sie hält ihn fest, gibt ihm alle Liebe und Wärme mit, die sie in sich hat. Er soll sich geliebt fühlen. Er soll wissen, dass er für immer einen Platz in ihrem Herzen haben wird. Soll einmal in seinem Leben Nähe und Zuneigung, Liebe und das Gefühl von einem Zuhause gespürt haben. Tränen laufen ihr über das Gesicht. Viel zu früh wird sie von dem Welpen getrennt werden. Viel zu kurz, viel zu schwer war das kleine Hundeleben. Sie spricht mit ihm, während er über die Regenbogenbrücke geht. Sie hofft, dass er es dort guthaben wird, dass dort auf ihn ein Leben ohne Schmerzen und Krankheiten wartet, voller endlos grüner Wiesen, auf denen er herumtollen kann. Sie hält ihn fest und flüstert seinen Namen, als er seinen letzten Atemzug tut.

Sie geht nach Hause in der Gewissheit, dass dieser kleine Hund für immer in ihrem Herzen wohnen wird. Bei allem Schmerz ist sie voller Dankbarkeit, dass er in seinem kurzen, schweren Hundeleben ein paar Minuten voller Liebe und Wärme hat fühlen können.

Rocky

Viel Zeit werden mein Herrchen und ich nicht mehr miteinander haben. Leider habe ich da schon meine Erfahrungen gemacht.

Ich hatte bereits ein anderes Herrchen. Irgendwann konnte dieses Herrchen keine langen Spaziergänge mehr mit mir machen. Erst waren es kurze Gänge, die wir dann gemacht haben. Irgendwann konnte er gar nicht mehr mit mir nach draußen gehen. Dann ist mein Frauchen mit mir gegangen. Und noch etwas später konnte mein altes Herrchen gar nicht mehr das Bett verlassen, so dass mir nichts anderes übrigblieb, als tage- und nächtelang vor seinem Bett liegen zu bleiben, ihn zu bewachen, ihm Gesellschaft zu leisten, ihn hin und wieder anzustupsen, ihm zu zeigen, dass ich da bin, für ihn da bin.

Und dann ist er eines Tages über die Regenbogenbrücke gegangen. Ohne mich mitzunehmen – das war das Schlimmste überhaupt. Heimlich, still und leise ist er gegangen, hat sich noch nicht einmal verabschiedet von mir, hat mir nicht noch einmal über den Kopf gestreichelt und hat mich nicht noch einmal seine Hand lecken lassen. Ab diesem Moment fühlte es sich an, als sei mein Leben vorbei. Ich wollte nicht mehr spielen. Das Fressen hat mir nicht mehr geschmeckt. Spaziergänge haben keinen Spaß mehr gemacht. Am Schnüffeln hatte ich keine Freude mehr. Nichts, aber auch gar nichts machte mir mehr Spaß. Mein Frauchen, das ebenso von meinem Herrchen zurückgelassen wurde, war in großer Sorge um mich. Mehrfach brachte sie mich zum Tierarzt, ließ mich abhören und Blut untersuchen; und jedes Mal sagte der Tierarzt, dass ich kerngesund sei. Mein einziges Problem sei die Trauer, sei das Vermissen meines Herrchens.

Mir war alles egal. Ich wollte nur noch meinem Herrchen über die Regenbogenbrücke folgen. Wollte dort sein, wo mein altes Herrchen war, in der Hoffnung, dass es dort wieder laufen und spazieren gehen, mich streicheln und mit mir spielen konnte.

Doch dann fasste mein altes Frauchen einen Entschluss. Sie machte sich daran, mir eine neue Familie zu suchen. Das war für sie nicht leicht, denn schließlich war ich die Verbindung zu meinem alten Herrchen, und mein Frauchen hatte Angst, dass ich vielleicht nicht glücklich sein könnte, dass ich nicht gut behandelt werden würde. Doch sie machte sich an ihrem Tastending auf die Suche und fand etwas, das sich vielversprechend anhörte.

Und, was soll ich sagen: Ich zog das große Los. Ich fand ein Herrchen und ein Frauchen, die wunderbarer nicht sein konnten. Vom ersten Moment an liebte ich sie über alles. Vertraute ihnen und folgte meinem Herrchen überall hin, ohne zu zögern. In dieser neuen Familie bin ich der unangefochtene Kronprinz – und das ist auch gut so! Ich werde verwöhnt und gestreichelt, bekomme Leckerlies und gutes Futter, Aufmerksamkeit und Liebe.

Doch jetzt habe ich Angst, dass diese Tage bald vorbei sein könnten. Ich spüre es in mir: Lange Zeit werden wir nicht mehr zusammen haben. Ich selbst bin alt geworden. Oftmals, wenn ich schlafe, dann träume ich vom Spazierengehen und Schnüffeln, und diese Träume fühlen sich so realistisch an, dass ich dabei ein wenig Pipi mache, so wie ich es beim Spazierengehen zum Markieren auch mache. Dann wieder höre ich nicht, wenn mein Herrchen mich ruft, schlafe tief und fest, obwohl mein Rudel mich anspricht und etwas von mir möchte. Das Aufstehen fällt mir oftmals schwer. Und um auf das Sofa zu springen, muss ich Anlauf nehmen, weswegen ich nur noch von einer Seite meinen Thron besteigen kann. Ich bin genügsam geworden, zwei Spaziergänge reichen mir am Tag. Es macht auch gar nichts mehr aus, dass es nur noch kurze Spaziergänge sind. Am liebsten schlafe ich eh, auf meinem Thron oder unter dem Esstisch. Ich spiele noch, aber den Ball oder mein geliebtes Schwein ein-, zweimal zu werfen, reicht mir meist vollkommen, und ich ziehe mich wieder vergnügt auf meinen Platz zurück.

Doch auch mein Herrchen ist alt geworden. Zum Gehen braucht er jetzt ein drittes Bein. Dadurch sind wir viel langsamer geworden, brauchen für unsere Runden viel länger als früher. Ich weiß, dass ich nicht mehr so an der Leine ziehen darf; selbst dann nicht, wenn es irgendwo furchtbar gut riecht und ich unbedingt dort hinwill. Wenn möglich, gehen wir zusammen auch nur die kürzeren Runden, und die in einem sehr langsamen, gemächlichen Tempo. Manchmal muss das Herrchen innehalten, um neue Kraft zu sammeln. Dann warte ich geduldig – und wenn ich ehrlich bin, dann tut mir die kleine Pause auch sehr gut.

Streicheln kann mein Herrchen noch immer richtig gut, und ich liebe diese Momente, in denen er die Zeit dafür hat und in denen er sich nicht um das Frauchen oder den Haushalt kümmern muss. Doch dann kann es sein, dass er in seinem Stuhl oder seinem Sessel so tief und fest schläft, dass er gar nicht merkt, wenn ich komme, mit dem Schwanz wedele und um Streicheleinheiten bettele.

Großzügig ist er mit den Leckerlies. Großzügiger als zu Beginn unserer gemeinsamen Zeit. Ich glaube, damit will er mir zeigen, dass er mich liebt, auch dann, wenn wir nicht mehr große Spaziergänge machen oder wenn er oftmals gestresst und angespannt ist. Ich glaube, ich habe ein paar Pfund zugenommen. Aber, seien wir ehrlich, in meinem Alter stört das keinen mehr. Die Hündinnen laufen mir schon lange nicht mehr hinterher, und auch mit ein paar Pfund mehr lässt es sich wunderbar schlafen und dösen.

Manchmal stolpert mein Herrchen auf unseren Spaziergängen. Ein paar Mal ist er sogar schon gefallen und hatte Mühe, sich wieder aufzurichten. Das sind die Momente, in denen ich große Angst um ihn habe. Und noch mehr Angst, ihn einmal zu verlieren.

Das Frauchen ist wunderbar sanft und lieb. Allerdings sitzt es im Rollstuhl. Das ist kein Problem für mich, denn ich kenne es von meinem alten Herrchen. Ich weiß, dass es sich nicht bewegen kann und ich ihr mein Spielzeug direkt auf den Schoß legen muss. Ich weiß, dass mein Frauchen mir nicht den Napf befüllen kann. Aber streicheln kann es mich, und das tut es gut und gerne.

Unter uns, und nur hinter vorgehaltener Pfote: Mein Herrchen ist mir der liebste Zweibeiner auf der ganzen Welt. Abends schlafe ich vor seinem Bett. Dort legt dieser wunderbare Zweibeiner jeden Abend ein großes Bett aus vielen Matten und Körbchen für mich aus – ich habe die freie Auswahl. Vor dem Schlafengehen bekomme ich Betthupferl, und nachts, wenn das Herrchen raus muss, bekomme ich Streicheleinheiten.

Ich habe Angst, was passiert, wenn mein Herrchen irgendwann keine Spaziergänge mehr mit mir machen kann. Das Herrchen hat zwei Zweibeinerwelpen, die allerdings auch schon erwachsen und groß sind. Die sind auch sehr nett und wann immer sie da sind, um Herrchen und Frauchen zu besuchen, gehen sie mit mir spazieren. Sie streicheln mich und reden lieb mit mir und sind auch sonst sehr lieb zu mir. Und ich weiß, sollte mein Herrchen vor mir über die Regenbogenbrücke gehen, dann werden sie sich um mich kümmern und gut auf mich aufpassen.

Ich möchte nicht noch einmal ein Herrchen verlieren. Ich glaube, dieses, mein jetziges Herrchen zu verlieren, würde mir mein Hundeherz brechen. So ganz sicher bin ich mir nicht, ob es einen Gott gibt, der auch an die Vierbeiner denkt. Sollte dies dennoch der Fall sein, dann bedeutet mein Seufzen kurz vor dem Einschlafen, dass ich ein Stoßgebet zu ihm schicke, um ihn daran zu erinnern, dass ich nie wieder ein Herrchen oder ein Frauchen verlieren möchte. Auch wenn das heißt, dass ich auf Zeit mit meinem geliebten Herrchen, meinem Rudel verzichten müsste: Ich möchte vor ihm gehen können. Dann würde ich, wenn es so weit ist, am anderen Ende der Regenbogenbrücke stehen, auf ihn warten und ihn mit freudigem Schwanzwedeln und meinem schönsten Hundegrinsen begrüßen. Hunde-Ehrenwort!

Roo, die Prinzessin

Todosol. Ein kleiner Ort im Süden Spaniens. Der nächstgrößere Ort ist Murcia. Spanische Provinz im Südosten des Landes, direkt am Meer. Wie überall in Spanien brennt die Sonne unerbittlich, lässt Gräser verdorren, die Bevölkerung stöhnen. Touristen wie Immigranten genießen den freien Blick aufs Meer, die kühle Brise, die vom Mittelmeer eine leichte Erfrischung bringt. Die Einheimischen konzentrieren sich eher auf die Geschäfte mit den Touristen und haben wenig Muße, den Ausblick zu genießen. Und dazwischen das, was in Spanien Alltag ist: Straßenhunde. An jedem Restaurant, um jeden Müllcontainer findet man sie. Sie wedeln mit den Schwänzen, versuchen, die Aufmerksamkeit auf sich zu ziehen. Betteln, schmeicheln, lassen sich streicheln in der Hoffnung, doch eine Gegenleistung in Form eines Löffels Paella oder eines Stückchens Pizza, eines kleinen Bissens Hühnchens oder ein paar Nudeln zu bekommen.

Dann wieder kommen die Hundefänger. Niemand, vor allem nicht die Besucher, von denen diese Region Spaniens lebt, sollen von den Hunden belästigt werden. Die Touristen sollen in ihren Heimatländern nicht von der Not der Straßenhunde berichten. Die Hundefänger versuchen, die Hunde einzufangen, werfen Schlingen aus, nutzen an Stäben, Keschern ähnlich, befestigte Schlaufen, um die Vierbeiner zu entsorgen. Sie werden in sogenannte Kill-Shelter gebracht, und wenn sie nicht innerhalb weniger Tage vermittelt werden, bedeutet dies das Ende ihres Hundelebens. Die Hundefänger gehen skrupellos und brutal vor. Man munkelt, dass sie für jeden eingefangenen Hund eine Prämie erhalten.

Unter den Hunden, die in Todosol um ihr Überleben kämpfen, ist ein kleiner, fast sehr kleiner, blonder Hund mit kurzem Fell, die Ohren keck und aufmerksam nach oben gerichtet. Der Hundekenner sieht die Kreuzung, erkennt die Elternteile, die an der Mischung beteiligt waren: Podenco oder Galgo, einer der spanischen Jagdhunde auf jeden Fall. Und dann etwas

Kleines, wahrscheinlich ein Pinscher oder gar ein Chihuahua. Einer der vielen Hunde, die süß sind, so lange sie klein und jung sind, die anstrengend werden, sobald das Jagdverhalten der Elterntiere durchschlägt. Die, die dann meist einen Dickkopf entwickeln und ihre Umwelt herausfordern. In Spanien werden diese Hunde, sollten sie jemals ein Zuhause gehabt haben, oftmals auf der Straße entsorgt, sobald sie das Alter des niedlichen Junghundes hinter sich haben.

Es ist eine kleine Hündin. Nicht einmal bis zur Hälfte der Waden wird sie dem durchschnittlichen Europäer gehen. Ihre Rippen zeichnen sich deutlich unter dem Fell am Brustkorb ab. Sie hat das typische blonde, kurzhaarige Fell der spanischen Straßenhunde. Sie ist fordernd, versucht, sich Raum zu verschaffen. Knurrt die Mitbewerber an, wedelt für die Menschen. Und dann wieder zieht sie sich zurück, klemmt den Schwanz ein, beäugt misstrauisch aus der Nähe. Sie wird bereits schlechte Erfahrungen gemacht haben. Traut den Zweibeinern nicht wirklich, hat Angst vor dem, was als Nächstes kommt. Und doch ist sie hungrig. Alles in ihr verlangt nach Aufmerksamkeit, nach Zuwendung, nach Streicheleinheiten. Bei den Touristen, die sie nicht sofort genervt verjagen, die ihr freundlich zulächeln, ihr vielleicht ein Stückchen Pollo zuwerfen, ihr einen Löffel Paella auf den heißen Asphalt kippen, wagt sie sich heran, stellt sich auf die Hinterbeine, macht sich groß am Schoß der Zweibeiner. Sie bettelt, wedelt mit dem nach oben gekrümmten Schwänzchen, schaut die Menschen mit ihren großen, dunklen, hervorstehenden Augen an. Alles, wonach sie sich sehnt, ist Liebe und Futter.

Es wird Abend. Die Touristen ziehen sich in die Bars, auf ihre Zimmer, vor ihre Fernseher in den Hotelzimmern zurück. Zurück bleiben die Straßenhunde. Es wird bereits kühl in den Nachtstunden, es geht auf den Herbst zu. Vom Meer kommt eine kalte Brise hergeweht. Die Hündin dreht sich im Kreis unter einem verdorrten Busch. Die kleinen Vorderpfoten mit den langen Krallen scharren emsig eine Kuhle, gerade groß genug um den kleinen, zitternden Körper aufzunehmen. Sie achtet darauf, weit genug entfernt von anderen Vierbeinern zu sein. Und weit genug entfernt von den gängigen Routen der Hundefänger, abseits der Wege, die Touristen und Einheimische für ihre Abendspaziergänge nehmen. Windgeschützt, so soll ihre Kuhle sein. Einsam, abgelegen, damit sie in Sicherheit ist, zumindest für diese Nacht. Nähert sich ein Hund, knurrt sie so laut und böse, wie sie kann. Selbst wenn die trockenen Äste des Busches, unter dem sie liegt, ihre Hinterläufe berühren, schreckt sie aus dem Dämmerschlaf hoch und lässt ein Knurren hören, immer in der Angst, jemand könnte ihr etwas antun.

In der Nacht träumt sie von einem warmen Zuhause. So wie das, was sie hatte, als sie noch klein und niedlich war. Gut, sie ist immer noch klein. Manche Touristen sagen bis heute, dass sie niedlich sei. Aber diejenigen, die einmal ihr Rudel waren, die fanden sie irgendwann nicht mehr klein und niedlich. Sie sei zu erwachsen geworden. Jetzt würde sie anfangen, Probleme zu machen. Die Hündin weiß nicht, was sie falsch gemacht hat. Sie hat das gemacht, was sie immer gemacht hat. Ohne süß zu sein dieses Mal – obwohl sie gar nicht weiß, wie man süß ist, was man dafür tun muss. Sie schläft und träumt von Zweibeinern, die sie streicheln und ihr genug zum Fressen geben. Sie träumt von einem Zuhause, in dem nicht nach ihr getreten, sie nicht geschlagen wird. Und so tief sie auch schläft, eines ihrer großen, spitz zulaufenden Ohren dreht sich immer in die Richtung, aus der sie ein Geräusch vernimmt. Sie ist immer in Hab-Acht-Stellung, passt auf, nimmt ihre Umwelt wahr, immer auf dem Sprung, immer bereit, davonzulaufen und sich erneut in Sicherheit zu bringen.

In den Morgenstunden, lange bevor die Touristen ihren Rausch ausgeschlafen haben, bevor die Hundefänger in den Rhythmus ihres Tages einsteigen, macht die Hündin sich auf die Suche. Sie sucht nach Zuwendung und Hilfe, nach Futter und Liebe, nach einem sicheren Hafen und einer Pause, in der sie Atem schöpfen kann. Sie trifft auf Einheimische, die sie mit Fußtritten malträtieren. Auf bösartige Wachhunde, die skrupellos ihre Grundstücke verteidigen.

Und dann trifft sie auf diese nette Zweibeiner-Frau. Diese Frau spricht in einer freundlichen Stimme mit ihr – zwar in einer Sprache, die die Hündin nicht versteht, aber die so warm und weich klingt, dass sie sich angezogen fühlt. Die Frau streckt ihre Hand aus, versucht, die Hündin zu greifen: Zu groß ist die Angst, zu bedrohlich die Geste. Die Hündin zieht sich zurück, verschwindet zwischen den Sträuchern und irgendwo inmitten der Grundstücke.

Dann folgt wieder ein Tag zwischen Betteln und Hoffen, zwischen Angst und Rückzug, Mut und Annäherung sowie Ducken und Kleinmachen. Die Hündin hofft. Vielleicht findet sie hier ihren Zweibeiner? Den, dem es nichts ausmacht, dass sie bereits eine erwachsene Hündin ist, den süßen Status eines Welpen lange verloren hat?

Am nächsten Morgen, gestärkt von den Ruhestunden in ihrer Höhle, macht sich die Hündin erneut auf in die Richtung, in der sie am Vortag die nette Zweibeinerin getroffen hat. Immer auf der Suche, immer in der Hoffnung, dieser Mensch möge ihre Rettung sein. Sie weicht geschickt und flink den Hundefängern aus, entzieht sich ihren Schlingen, versucht cleverer und schneller zu sein. Und dann trifft sie wieder dieses Menschenweibchen, das ihr Bröckchen zuwirft und in einer netten, ihr unverständlichen Sprache mit ihr redet. Einige Tage, fast mehrere Wochen wiederholt sich dieses Schauspiel. Eine nach vorn übergebeugte, mit Leckerlies bewaffnete Frau, die in englischer Sprache mit einem spanischen Straßenhund zu kommunizieren versucht. Eine schüchterne, ja, ängstliche spanische Straßenhündin, die ausgehungert ist nach jeder Art von Zuwendung, nach Liebe, Wärme, einem weichen Körbchen, nach Fressen, Sicherheit und der Erlaubnis zu sein.

Die freundliche Frau mit der netten Stimme und der unverständlichen Sprache ist jeden Morgen dort, wo sie die Hündin das erste Mal getroffen hat. Sie wartet, ausgerüstet mit Leckereien und viel Geduld. Manchmal trifft sie sie, an anderen Tagen verpassen sie sich. Dann, wenn sich ihre Wege kreuzen, spricht sie freundlich mit der Straßenhündin, beugt sich hinunter, macht sich klein. Sie bietet ihr die ausgestreckte Hand, lässt sie schnuppern.

Wirft Leckerlies auf die Strecke zwischen sich und der Hündin, versucht, die Distanz zu verringern. Bei jedem Treffen reckt die Hündin die Schnauze in die Höhe, schnüffelt. Der Geruch kommt ihr bekannt vor. Beim dritten Mal wedelt sie vorsichtig mit dem Schwanz. Beim fünften Mal kommt sie vorsichtig näher. Beim siebten Treffen nimmt sie einige der Leckerlies auf, die auf der halben Distanz zwischen dem Zweibeiner mit der freundlichen Stimme und ihrem Standort liegen; langsam, vorsichtig, immer bereit zu flüchten.

Irgendwann lässt die Hündin sich streicheln – eine kurze Berührung. Am nächsten Tag ein bisschen mehr. Dann wieder ein wenig länger, ein wenig mehr. Die Leckerlies, die die Frau erst in sicherem Abstand vor die Hündin wirft, die sie ihr Tage später in der ausgestreckten, flachen Hand hinhält, helfen dabei. Schließlich hat die Hündin immer Hunger. Sie ist ausgehungert. Nach freundlichen Worten und Streicheleinheiten, nach Zuwendung und Wärme, aber auch nach Futter. Irgendwann ist die Frau in der Lage, der Hündin ein Geschirr anzuziehen, ohne dass diese voller Panik davon läuft oder sich so klein macht, dass jedes Geschirr statt über ihren Kopf auf den staubigen Straßenbelag fällt.

Die Frau nimmt sie mit nach Hause zu sich. Schüchtern macht die Hündin die ersten, vorsichtigen Schritte in ihr neues Leben. In dem Haus leben andere Hunde. Vierbeiner, die die Hündin freundlich begrüßen, mit ihr spielen wollen. Doch das ist ihr unheimlich. Sie knurrt. In dem Haus leben Katzen, auch diese knurrt sie an. Wenn die Samtpfoten vor ihr davonspringen, lässt sich ihr Jagdtrieb blicken und sie macht einen Satz hinter ihnen her. In dem Haushalt lebt auch ein Mann. Zugegebenermaßen ein freundlicher Mann, der mit lieber Stimme mit ihr spricht. Doch er ist ihr unheimlich. Man weiß ja nie, vielleicht ist das doch ein Hundefänger? So gerne würde sich die Hündin in eines der kuscheligen weichen Körbchen schmiegen. Doch zu entspannen fällt ihr schwer. Noch traut sie dem Frieden nicht, nicht dem Glück, dass ihr Leben vielleicht tatsächlich eine Wendung zum Guten genommen haben könnte.

Am sichersten fühlt sie sich auf dem Schoß der Frau. Dort kringelt sie sich ein, seufzt zufrieden. Wann immer sich ihr Zweibeiner setzt, ist die Hündin da, macht sich hoch an den Beinen, nimmt Anlauf, springt auf den Schoß. Langsam lernt sie, zu vertrauen. Mehr den Menschen, weniger den anderen Hunden, diese sieht sie als Konkurrenz, als Rivalen um Aufmerksamkeit und Futter, Zuwendung und Liebe. Als echte Spanierin liebt die Hündin die Sonne. Wenn sie jetzt auf der Terrasse in der Sonne liegt, kann sie diese mit einem vollen Bauch und auf einem Sessel oder einer warmen, weichen Unterlage genießen. Die Anspannung fällt nach und nach von ihr ab.

Sie lernt, dass sie regelmäßige Mahlzeiten bekommt. Lernt, dass alle Sitzgelegenheiten der Zweibeiner wunderbar bequem sind. Lernt, dass ein menschlicher Schoß der beste Platz überhaupt ist. Sie lernt, wie wunderbar es ist, gestreichelt zu werden. Aufmerksamkeit zu bekommen. Die Frau und der Mann bekommen viele Gäste. Bei diesen geselligen Abenden ist sie der Star, springt elegant von einem Schoß zum anderen, lässt sich kraulen, verschafft sich Aufmerksamkeit, sitzt stolz wie eine ägyptische Sphinx auf den Schößen. Sie hat einen Namen bekommen. Instinktiv weiß sie, dass es wichtig ist, einen Namen zu haben, dass dieser einen besonders und wichtig macht. Die Hündin heißt jetzt Roo, nach dem Känguru in Winnie-Puh – die Frau hat den Namen gewählt, weil Roo so oft auf ihren Hinterbeinen steht, wenn sie sich an den Zweibeinern aufrichtet, und weil sie so klein ist, dass auch sie, wie das namensgebende Känguru, fast in Mauselöcher fallen könnte. Roo wird zur Prinzessin. Sie möchte überall dabei sein, die Aufmerksamkeit aller Zweibeiner bekommen. Wenn diese mit anderen Dingen beschäftigt sind, macht sie sich bemerkbar, richtet sich auf, kratzt am Oberschenkel, springt auf den Schoß. Sie saugt die Liebe auf, knurrt andere Vierbeiner an, die ebenfalls Aufmerksamkeit suchen.

Dann, nach einem halben Jahr, erfolgt ein neuer Einschnitt im Leben der kleinen Prinzessin. Roo wird von der Tierschützerin nach Deutschland in eine Familie vermittelt. Eingesperrt in eine Box fliegt sie ihrem neuen Leben entgegen. Sie ist aufgeregt. Das kleine Herzchen schlägt, und in ihr ist Leere.

Das Leben war doch so schön. Warum hat sie wieder ihr Zuhause verloren? Sie hat Angst. Sie ist traurig. Sie vermisst die Frau, die sie gerettet hat, selbst deren Mann vermisst sie. Sie vermisst die warme Sonne, die auf den Stuhl auf der Terrasse scheint, und ja, in gewisser Weise vermisst sie auch die anderen Vierbeiner. So nach und nach hatte sie sich auch mit ihnen gut verstanden. Die Hündin sitzt in dem lauten Rumpf des Flugzeugs in ihrer dunklen Kiste und fragt sich, was sie erneut falsch gemacht hat. Warum wollen alle sie loswerden? Ob sie wieder um ihr Fressen kämpfen muss? Ob es dort, wo sie jetzt hinkommt, auch wieder Hundefänger gibt? Ob sie sich wieder nachts eine Kuhle im Sand buddeln muss?

Sie wird erwartet von einer anderen Frau. Immerhin hat diese Frau Leckerlies dabei. Roo versteht, dass die Frau sie mitnehmen wird. Wohin, weiß sie nicht. Auf dem Beifahrersitz des Autos, in das sie steigen, steht ein Körbchen. Ganz so schlimm kann es also nicht werden. Sie fahren eine ganze Weile. Immer wieder streckt die Frau vorsichtig ihre Hand zu Roo aus. Streicheln kann sie. Die Prinzessin ist erleichtert. Lässt sich kraulen, kuschelt sich in das warme Körbchen. Noch ist nichts Schlimmes passiert.

Als sie aussteigen, sind dort zwei andere Hündinnen. Roo ist vorsichtig. Was, wenn diese ihr das Futter wegnehmen wollen? Oder dafür sorgen, dass die Frau sie nicht mehr streichelt? Dort, wo sie sind, ist alles anders. Nasses Zeug fällt in großen, schweren Tropfen vom Himmel. Regen kannte Roo bisher kaum, und wenn, dann war es ein sanfter Nieselregen. Beim Spazierengehen findet sie keine Stelle, an der sie sich lösen kann. Überall ist grünes, weiches Zeug auf dem Boden, das sie unter den Füßen kitzelt. Sie findet keinen Sand, keinen trockenen Boden – nur Asphalt oder eben dieses grüne Zeug. Sie tut sich schwer, beobachtet, wie die anderen beiden Hündinnen ganz selbstbewusst sich auf das grüne Zeug hocken und ihr Geschäft machen. Sie versucht es. Na ja, für den Notfall geht es. Kalt ist es dort, wo sie jetzt ist. Die Frau verspricht, ihr einen Mantel zu besorgen. Roo weiß nicht, was ein Mantel ist. Sie wird es lernen. Sie wird es zu schätzen lernen.

Vieles ist anders in diesem neuen Leben. Die Sonne scheint nicht so oft und nicht so warm wie dort, wo sie hergekommen ist. Sie muss sich an die Sprache der Zweibeiner erst gewöhnen, die sich so ganz anders anhört als die Sprache, die die Frau gesprochen hat, oder die die anderen Menschen, die sie bisher getroffen hat, gesprochen haben. Es ist viel nasser dort, wo sie jetzt ist. Wenn es ganz kalt ist, fällt weißes Zeug vom Himmel, das sich auftürmt zu einer weißen Decke, in der sie fast versinkt. In der man aber wunderbar toben kann. Roo lernt, dass sie auch hier nicht um ihr Futter bangen muss. Lernt, dass auch hier die Menschen Schöße haben, auf denen es sich wunderbar schlafen und kuscheln lässt. Lernt, dass auch hier gemütliche Sessel, warme Körbchen, weiche Sofas stehen. Und dass die Leckerlies auch hier gut schmecken. Roo lässt sich ein auf dieses neue Leben. Lässt sich auf die neuen Zweibeiner ein, lernt zu vertrauen, Stück für Stück, jeden Tag ein bisschen mehr. Sie lernt, die Sprache zu verstehen, lernt erneut die Bedeutung der einzelnen Wörter. Einen Strand, ein Meer, das hat die Hündin hier nicht mehr. Dafür Gegenden, in denen unendlich viele Bäume stehen und durch die man wunderbar spazieren gehen kann.

Manche Dinge haben sich gänzlich verändert. Hört sie spanische Wörter, zuckt die Hündin heute noch nicht einmal mehr. Auch Englisch lässt sie vollkommen kalt. Sie hat nie wieder Paella gefressen. Manchmal vermisst sie den Duft des Meeres und die Wärme der spanischen Sonne. Die Weiten des Strandes in der Umgebung von Todosol sind einer lauten Stadt gewichen, doch sie hat gelernt, sich auch hier zurechtzufinden. Das Grün, das sie am Anfang so an den Pfötchen kitzelte, ist ihr inzwischen vertraut geworden und sie beschreitet es selbstbewusst, selbst wenn es nach Regen nass ist. Im weißen Zeug tobt sie gerne, und die Kälte macht ihr nur dann etwas aus, wenn die Zweibeiner in der Eile vergessen haben, ihr das Mäntelchen anzuziehen.

Acht Jahre ist sie jetzt in Deutschland. Manche Dinge sind geblieben. Unzählige Spaziergänge hat sie hier bereits unternommen. Sie weiß, dass ihre Zweibeiner ihr nie etwas tun würden – und doch zuckt sie jedes Mal zurück, wenn diese ihr das Geschirr zum Gassigang anziehen wollen. Beim Ausziehen der Ausgehgarnitur wirft sie sich fast unterwürfig auf den Boden, macht sich ganz klein, immer in der Angst, die Schlinge könnte sich für immer zuziehen. Zu tief stecken die Erfahrungen, die sie mit den Hundefängern in ihrem früheren Leben machen musste. Wenn sie eingekringelt in einem Körbchen oder auf dem Sofa liegt und einer der anderen Hunde sich ihr nähert, dann knurrt sie noch immer – man weiß ja nie, ob die ihr nicht doch etwas tun könnten. Noch heute hat sie Angst, nicht genug Aufmerksamkeit zu bekommen. Noch immer ist der Schoß der Zweibeiner der beste, der sicherste Ort, den sie kennt. Und dort duldet sie keinen anderen Vierbeiner, den verknurrt sie mit ihrer bösesten Stimme. Noch immer weicht sie, auch bei ihrem Frauchen, ihrem Herzensmenschen, zurück, wenn diese nach ihr fassen will – zu tief stecken die Verletzung der Tritte und Schläge der Menschen, die sie bereits einstecken musste. Noch immer fasst sie gierig zu, wenn Leckerlies verteilt werden, schnappt manchmal aus Versehen sogar nach dem Finger der gebenden Hand – man weiß ja nie, ob es tatsächlich morgen noch etwas gibt. Noch immer zieht sie sich zurück, steht gekrümmt, mit eingezogenem Schwanz etwas abseits, wenn die Zweibeiner schimpfen oder es hektisch wird im Rudel oder sich die anderen Vierbeiner in die beste Position bringen, um ein Stückchen Fleisch oder Käse abzugreifen. Und dann wieder liegt sie ganz entspannt auf der Terrasse in der Sonne; wenn Herrchen und Frauchen unter der Hitze stöhnen, dann ist ihre Wohlfühltemperatur erreicht. Nachts schläft sie unter der Bettdecke, immer im Kontakt mit dem Frauchen, sicher ist sicher. Wenn sie sich ihrem Herrchen oder Frauchen zu einem Mittagsschlaf auf der Couch anschließt, dann liegt sie am liebsten in der Kniekehle oder vor dem Bauch, dort, wo es sicher ist und wo sie, wie damals in Spanien, bevor sich ihr Leben änderte, den Rand ihrer Höhle im Rücken hatte als Schutz gegen Angriffe.

Und weil sie selbst so viel Schlimmes bereits erlebt hat, weil sie weiß, wie gefährlich und furchteinflößend das Leben sein kann, hat sie es sich zur Aufgabe gemacht, ihre Zweibeiner vor allem Übel zu beschützen. Kommt einer der großen Rudel-Hunde zu nahe oder tobt zu wild, stellt sich Roo ihm in den Weg und knurrt ihn an. Ist auf dem Spaziergang etwas unheimlich, stellt sie sich mit erhobenem Schwanz und nach vorne gerichteten Ohren vor ihre Menschen und bellt. Vor dem Staubsauger und vor dem Besen, vor dem Rechen oder der Harke, Roo verteidigt ihre Rudelchefs. Seit neuestem verteidigt sie auch die Hündin, die bereits alt und in den letzten Tagen ihres Lebens ist. Stellt sich vor sie, bereit, alles zu verknurren, was sich ihr nähert und ihr gefährlich werden könnte. Denn diese mutige Prinzessin möchte nicht, dass anderen, die sie liebt, ähnliches passiert, wie sie es erlebt hat.

Eine Spanierin in Deutschland. Eine kleine, tapfere Hündin, deren Mut sich ausgezahlt hat. Eine bewundernswerte kleine Prinzessin, die es geschafft hat, sich nach allen Enttäuschungen und Verletzungen erneut auf ihre Menschen einzulassen.

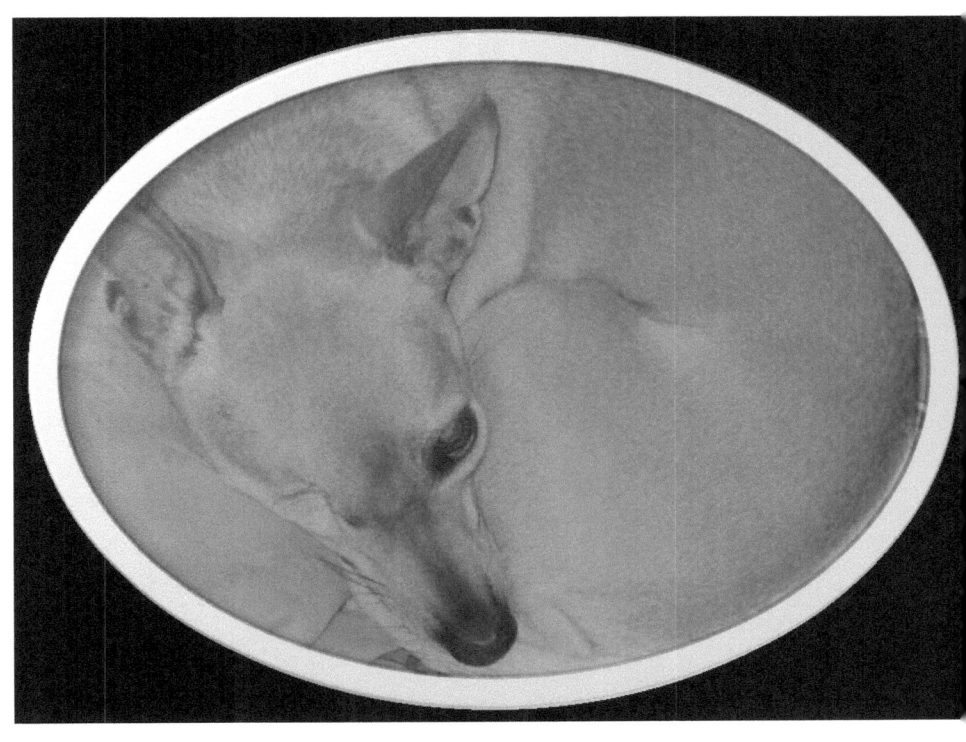

Rüde X-2019-V-20-M-283 oder: Ein neues Leben

Die Wohnung ist liebevoll für den neuen vierbeinigen Mitbewohner hergerichtet. Es stehen Körbchen in fast jedem Zimmer. Eine Auswahl an Spielzeugen liegt griffbereit in der Nähe der Körbchen. Am Kleiderhaken, neben den Jacken der beiden Kinder und der Eltern, hängen zwei Leinen, eine kurze und eine Schleppleine. Die mittellange Leine liegt bereits im Auto für den großen Tag. In der Küche und im Flur auf der ersten Etage stehen große Wassernäpfe. Der Napf fürs Trockenfutter steht in der Küche ebenfalls bereit. Im Keller stapeln sich die Dosen mit Nassfutter unterschiedlicher Hersteller. Was wird er mögen? Welches Trockenfutter wird ihm schmecken? Ob er getrockneten Pansen mag? Oder eher die getrockneten Schweinenasen, die die Tochter ausgesucht hat? Oder die Würstchen, die der jüngere Sohn sympathischer fand?

Die Kinder wissen Bescheid. Der Hundemann, der bei ihnen einziehen wird, hatte bisher kein schönes Leben. Kindgerecht hat die Mutter den Kindern das Prinzip von Tierversuchen und Laborhunden beschrieben. Hat versucht, ihnen zu erklären, was bisher die Lebenswelt ihres neuen Familienmitgliedes war. Paul soll er heißen, soweit waren sich alle Zweibeiner einig. Bisher war es Hund X-2019-V-20-M-283. Dies soll sich nun ändern. Endlich soll Paul ein schönes Leben haben.

Die Tochter hat so lange gequengelt, bis auch in ihrem Zimmer ein Hundekörbchen Platz fand. Der Sohn hat, ganz pragmatisch, am Fußende seines Bettes eine für den Hund abgestellte Decke ausgebreitet. Wofür ein extra Körbchen? Selbstverständlich darf Paul im Bett schlafen.

Der Vater hat in den letzten Wochen den Zaun abgedichtet. Auf dem unteren Meter ist Kaninchendraht angebracht. Die Pfosten des Zauns wurden zum Teil noch einmal verstärkt. Ein Entkommen sollte unmöglich sein. Die beiden Autos sind mit Hundegittern, das größere zusätzlich noch mit einer stabilen Hundebox ausgestattet worden. Seit Wochen sehen sich die Eltern sämtliche Folgen eines berühmten Hundetrainers in der Mediathek an. Sie wollen nichts falsch machen, versuchen sich auf alle Eventualitäten vorzubereiten.

Oftmals haben sie mit den Kindern über Paul gesprochen. Haben ihnen erklärt, dass Paul bisher wenig mehr kennt außer das Labor, in dem er bisher gelebt hat. Haben versucht, ihnen verständlich zu machen, dass er vielleicht nicht weiß, was er mit einem Ball anfangen soll oder wie es ist, einen Garten zu haben. Die Kinder haben ernst zugehört, haben genickt. Die Tochter hat eines ihrer alten Kuscheltiere ausrangiert – jetzt, da ein richtiger Vierbeiner einziehen soll, fühlt sie sich bereits zu alt für Kuscheltiere. Das Stofftier soll für Paul sein, zum Kuscheln, zum Spielen. Dies wiederum stürzte ihren Bruder in eine große Krise, denn er war noch nicht bereit, sich von seinem Spielzeug zu trennen. Der Mutter kam die rettende Idee, den alten Schlafanzug des Sohnes als Kissenbezug für das Körbchen umzufunktionieren. Frieden wiederhergestellt. Beide Kinder haben etwas von sich für das neue Familienmitglied gegeben. Die Mutter hat Bedenken, ob Paul diese Geste zu deuten weiß, ob er damit überhaupt etwas anfangen kann. Der Vater hat innerlich mit den Augen gerollt. Die Rechnung beim Tierbedarfshandel wurde lang und länger: Kauknochen. Leckerlies. Hundewurst. Nassfutter. Trockenfutter. Knabbereien. Kotbeutel. Leberwurst in der Tube, um Vertrauen aufzubauen. Kleine Minihappen, um zu trainieren. Spielzeug. Körbchen. Decken. Leinen. Halsband. Geschirr. Dass ein Hund all diese Ausstattung braucht, wollte ihm nicht so ganz einleuchten. Aber wer A sagt, muss auch zahlen. Der Vater fügt sich in sein Schicksal.

Ein Hundetrainer ist ebenfalls bereits engagiert. Geschäftstüchtig hat er bereits zwei Stunden absolviert, bevor der Vierbeiner überhaupt eingezogen ist: Zur Vorbereitung, um auch den Kindern den Ernst der Lage zu erklären, um die Eltern vorzubereiten, um den Übergang zu erleichtern. Auch hierin hat sich der Vater gefügt.

Eine Kollegin der Mutter hat den Ausschlag gegeben. Sie hatte gehört, dass die Familie über die Anschaffung eines Hundes nachdenkt. Sie selbst engagiert sich in einem Verein, der Laborbeagln hilft, ein neues Zuhause zu finden, nachdem sie ihre Schuldigkeit im Rahmen der Tierversuche getan haben. Sie hat selber drei dieser Tiere, spricht in den höchsten Tönen von ihnen, lobt ihre Dankbarkeit, ihre Lernbereitschaft, ihre hohe Intelligenz und Sozialverträglichkeit. Alles hörte sich so gut an. Die Kinder lernen die Hunde der Kollegin kennen, sind begeistert, streicheln, werfen Bälle, toben, gehen spazieren. Die Mutter lässt sich anstecken. Die Zweifel des Vaters sind überstimmt.

Morgen also ist der große Tag. Sie fahren nach Hamburg. Dort werden die ausrangierten Testtiere dem Tierschutzverein übergeben. Diese geben sie weiter an die neuen Familien. Auswahlgespräche sind dem Tag morgen vorausgegangen. Fragebögen mussten ausgefüllt werden. Eine Besichtigung des neuen Zuhauses erfolgte. Die Familie bekam sehr schnell eine Zusage, sie sei das perfekte Zuhause für ein Tier mit solcher Geschichte.

Am nächsten Morgen wacht Versuchshund X-2019-V-20-M-283 auf wie immer. Die kleinen Lämpchen an den Apparaturen blinken rot und grün. Das ständige Summen der Kühlung, der Lüftung und anderer Geräte hört sich an wie jeden Tag in seinem bisherigen Leben. Er streckt sich in seinem Käfig, schüttelt sich. Eigentlich müsste er sich einmal lösen, doch er weiß, es dauert noch, bis die Mitarbeiter kommen und sie für eine kurze Runde über den Ascheplatz im Hinterhof führen. So gut es eben geht, streckt er sich, macht einen Buckel, beugt sich nach vorne herunter, dreht sich einmal im Kreis, legt sich wieder hin, den Kopf auf die Vorderpfoten. Das sporadische Piepsen, das von einer der Apparaturen kommt, stört ihn nicht. Es gehört zu seinem Lebensalltag dazu, so wie die Gitterstäbe, die sein Leben begrenzen. Er leckt sich die Vorderpfoten. Nicht, dass sie dreckig wären – wo sollte auch der Dreck herkommen, ist er doch noch nie im Regen oder Matsch spazieren gegangen. Er ist nie über feuchtes Gras gerannt, hat nie mit anderen Hunden im Staub getobt. Andere Hunde kennt er nur durch die wenigen Minuten des Gassigehens am Morgen und am Abend, auf dem Ascheplatz im Innenhof. Und eben durch die Gitterstäbe, durch die er seine Welt wahrnimmt. Einige seiner Gefährten sind in diesem Labor gestorben.

Andere wurden weggeholt und kamen nie wieder. Er seufzt. Manchmal wünschte er sich, er könnte sich an einen der anderen Vierbeiner ankuscheln. Nur einmal würde er gerne die Wärme eines anderen Wesens spüren.

Gleich ist Fütterungszeit. So wie es seit drei Jahren um diese Zeit Fütterungszeit ist. Immer zur gleichen Stunde, fast auf die Minute genau. Sein Magen hat sich daran gewöhnt und fängt genau wenige Minuten vorher an zu knurren. So wie jetzt. Danach einige Zeit Ruhe, dann der kurze Spaziergang an kurzer Leine, damit er sich nicht überanstrengt, nicht tobt, nichts frisst, was er nicht fressen soll. Alles unter Kontrolle. Beinchen heben. Großes Geschäft. Beinchen heben. Zurück in die Box. Warten. An den meisten Tagen wird er dann an Elektroden angeschlossen. Es piepst und surrt. Dann wieder wird ihm Blut abgenommen. Die Vene an seinem linken Vorderbein ist schon ganz zerstochen. Das Fell wächst schon nicht mehr richtig nach. Wenigstens sind die Menschen, die ihn aus der Box holen und die Versuche mit ihm machen, freundlich. Sie reden liebevoll mit ihm, streicheln ihn, kraulen ihn hinter den Ohren. Manche schauen ihn mitleidig an. Nehmen sich eine extra Minute Zeit, um ihn ein bisschen mehr zu kraulen. Hund X-2019-V-20-M-283 lehnt sich dann besonders an die streichelnde Hand, fordert ein, wedelt mit dem Schwanz, versucht die behandschuhten Hände abzulecken.

Heute ist etwas anders. Einige der anderen Vierbeiner hinter den Gitterstäben bekommen ihre Futterschüsseln. Hund X-2019-V-20-M-283 reckt empört die Nase in die Luft, schnüffelt. Warum bekommt er denn heute nichts? Er schaut sich um. Einige andere ereilt das gleiche Schicksal. Warum dürfen sie heute nichts fressen? Wo doch Fressen eines der drei Highlights des Tages ist. Empört schaut er sich um. Hallo? Habt ihr mich vergessen? Aufgeregt kratzt er an den Gitterstäben. Wedelt mit dem Schwanz. Keine Reaktion.

Dann kommt die Pflegerin, macht die kurze Leine an seinem Halsband fest, tätschelt kurz seinen Kopf. Hebt ihn aus dem Käfig. Dann geht es den altvertrauten Weg Richtung kurzem Spaziergang. Geradeaus, dann rechts. Beinchen heben, ein kurzes Schnüffeln. Geradeaus. Wieder rechts. Hinhocken, großes Geschäft. Ein kurzes Scharren. Umdrehen, schnüffeln. Geradeaus. Wieder rechts. Er will den gewohnten Weg nehmen, geradeaus, dann links. Dann ein kurzer Hüpfer, stillhalten, damit die Leine vom Halsband entfernt werden kann, ein kurzes Streicheln des Kopfes, ein paar liebe Worte, und dann wird sich die Tür des Käfigs schließen.

Nur: Heute ist alles anders. Es geht nicht den bekannten Weg, den vertrauten Gang zurück zu seinem Domizil. Stattdessen gehen sie einen Weg, den er noch nie gegangen ist. Rüde X-2019-V-20-M-283 ist hin und her gerissen. Er möchte schnüffeln, möchte die neuen Gerüche aufnehmen, möchte erkunden, mit der Nase alles in sich aufnehmen. Und auf der anderen Seite ist er vorsichtig, in Hab-Acht-Stellung, weiß nicht, was als nächstes passiert.

Dann steht dort ein Mensch, den er noch nie gesehen hat. Auch der Geruch ist ihm fremd. Gesehen hat er diesen Zweibeiner noch nie. Gerochen auch nicht. Ein kurzer Austausch menschlicher Laute zwischen den beiden Zweibeinern. Der neue Mensch nimmt etwas in die Hand, malt auf ein Klemmbrett, nimmt die Leine. Er beugt sich hinunter, streichelt ihn freundlich, lächelt ihn an, spricht in sanfter, warmer Stimme zu ihm. Der Rüde fasst sofort Vertrauen. Etwas Schlimmes scheint nicht zu passieren. Er wedelt mit dem Schwanz. Folgt dem Zweibeiner ergeben.

Sie gehen durch ein großes Tor. Dann über einen Platz. Dann durch ein weiteres Tor. Wieder all die neuen Gerüche. Alles ist so fremd, so unbekannt. Der Hund ist verunsichert, klemmt den Schwanz ein. Die Ohren spielen, drehen sich in alle Richtungen. Eigentlich würde er so gerne schnüffeln. Dann aber dreht er den Kopf, nach links, nach rechts, wieder nach links. Was hat das zu bedeuten?

Die freundliche Stimme des neuen Zweibeiners begleitet ihn, beruhigend, ermutigend, liebevoll. Mit einer seiner Hände zeigt der Zweibeiner nach vorne. Dort stehen vier Menschen. Zwei davon kleine. Dass es die auch in klein gibt, hat der Laborhund noch nicht gewusst. Die beiden kleinen Zweibeiner springen auf und ab. Was bedeutet das? Sie zeigen auf ihn, schreien, springen. Die großen Zweibeiner halten sie fest, scheinen sie beruhigen zu wollen.

Sie nähern sich einander an. Die kleinen Menschen wollen ihn sofort streicheln. Der Rüde weicht zurück. Ist das ein neues Experiment? Was wollen sie jetzt mit ihm machen? Wird es weh tun? Er versteckt sich hinter dem Zweibeiner, den er bereits kennt. Sicher ist sicher. Hoffentlich wird es nicht zu schlimm. Und hoffentlich bekommt er danach seinen Napf. Ihm grummelt der Magen.

Die Leine wird übergeben. Es folgt ein kurzer Austausch zwischen dem Zweibeiner, der ihn durch die Tore gebracht hat, und den anderen Zweibeinern. Mit leichtem Zug wird der Rüde in Richtung der vier Menschen gezogen. Er sträubt sich, hat Angst. Die unbekannten Zweibeiner gehen in die Knie, beugen sich nach unten, sprechen mit ihm. Sie hören sich nett an, freundlich. Und doch… Er hat Angst, weicht zurück. Ausgestreckte Hände wollen ihn anfassen. Ob das Teil des Experimentes ist? Wollen sie ihm Schmerzen zufügen? Er ist vorsichtig, misstrauisch.

Er hört die bestärkende, ermutigende Stimme des Zweibeiners, mit dem er den unbekannten Weg gegangen ist, weiter, als er jemals in seinem Leben gelaufen ist. Was genau will er ihm sagen? Der Hund weicht zurück, versteckt sich hinter der Person mit der freundlichen Stimme. Diese nimmt ihn auf den Arm. Sicherheit. Spricht mit ihm. Redet ihm gut zu. Geht mit ihm zu dem Auto der Zweibeiner. Setzt ihn vorsichtig in eine Kiste.

Die Kiste ist gepolstert mit einem Kissen. Wenn sich der Rüde nicht täuscht, dann riecht es ein bisschen wie der kleinste der Zweibeiner. Auf dem Kissen liegt etwas Weiches. Das riecht wie der andere kleine Zweibeiner. Rüde X-2019-V-20-M-283 drängt sich in die hinterste Ecke der Box, in die er gesetzt wurde, gerade als die kleine Tür sich schließt. Aha, er zieht also in eine neue Gitterbox. Das bedeutet bestimmt neue Experimente. Neue Spritzen, Kanülen, Schläuche, piepsende Maschinen. Der Hund hat Angst.

Die kleinen Zweibeiner wenden sich ihm zu. Halten die Hände auf seinen neuen Käfig. Sprechen mit ihm. Aufgeregt, aber durchaus freundlich. Er kann sie nicht verstehen. Spürt aber instinktiv, dass sie es nicht böse mit ihm meinen. Vielleicht ist auch das Teil des Experimentes.

Der Hund traut sich nicht, sich hinzulegen. Er hat Angst. Er vermisst seinen alten Käfig. Vermisst die Nähe seiner vierbeinigen Kameraden. Auch wenn sie sich nie angeschnüffelt, nie miteinander gespielt haben, war doch ihre Gegenwart beruhigend.

Das Auto setzt sich in Bewegung. Eine lange, lange Zeit schaukeln sie vor sich hin. Manchmal wird ihm schlecht, aber da er keinen gefüllten Napf am Morgen hatte, ist nichts da, was er ausspucken könnte. Es dauert lange. Sehr lange. Dann hält das Auto an.

Die Box, in der er sitzt, wird aus dem Auto gehoben. Schaukelnd geht es weiter, nur langsamer. Durch die Gitterstäbe in der Frontluke sieht er die kleinen Zweibeiner, die aufgeregt auf- und abspringen. Was dieses Experiment soll, ist ihm noch nicht erklärlich.

Nach einigem Schaukeln wird seine Box abgestellt. Rüde X-2019-V-20-M-283 reckt die Nase in die Luft, schnüffelt. In diesem Labor riecht es wie eine Kombination aus allen vier neuen Menschen, nicht unangenehm, aber fremd. Er verkriecht sich in die hinterste Ecke seines neuen Käfigs. Die kleinen Zweibeiner kommen immer wieder und strecken ihre Schnauzen in diesen Käfig. Manchmal legen sie etwas auf das weiche Kissen, das nach dem Kleinen riecht. Das, was sie dort ablegen, riecht verlockend. Ein bisschen wie das Futter, was er in dem alten Labor bekommen hat. Aber dann auch wieder anders. Verlockend. Er traut ihnen nicht. Wenn sie versuchen, die Hand nach ihm auszustrecken, zuckt er zurück. Diesem Experiment traut er noch viel weniger. Wer weiß, was sie mit ihm machen? Obwohl ihre Stimmen freundlich klingen. Die anderen, großen Zweibeiner sieht er nur von Weitem, hört aber ihre Stimmen. Sie klingen nett, vertrauenswürdig, freundlich. Aber bestimmt werden sie morgen neue Tests mit ihm machen. Er weiß nicht, was auf ihn zukommt, zieht sich zurück.

Langsam wird es dunkel. Erst verschwinden die kleinen Zweibeiner. Es wird ruhiger, entspannter. Die Frau versucht, ihre Hand nach ihm auszustrecken. Er weicht zurück in die hinterste Ecke seiner neuen Box. Sie versucht, die Leine an seinem Halsband zu befestigen. Er weicht so weit zurück, duckt sich, macht sich klein, so dass sie ihn nicht erwischen kann.

Seit seiner Ankunft ist die Tür seines neuen Zwingers offen. Er hält dies für ein Versehen der Zweibeiner. Niemals würde er sich trauen, die Box einfach so zu verlassen. Wartet auf den Moment, an dem einer der vertrauten Pfleger kommt, um ihn auf die abendliche Gassirunde zu führen. Doch dieser Pfleger kommt nicht. Mehrfach kommt die Frau mit der Leine. Aber er hat Angst, dass sie ihn zu einem Test führt, der ihn schmerzen könnte. Er weicht zurück. Macht sich klein. Die Stimme der Frau ist freundlich, die Worte klingen nett. Er kann damit aber nichts anfangen. Wartet. Irgendwann wird er sich lösen können.

Es wird noch dunkler. Die Lichter gehen aus in dem Labor. Kein Piepsen und Summen. Keine anderen Vierbeiner. Er mag dieses Experiment nicht. Doch welche Wahl hat er schon? Er wartet. Die Blase drückt. Vor seinem Käfig steht ein voller Futternapf, er kann den Inhalt riechen. Es duftet verführerisch. Aber der Napf steht nicht in seinem Käfig. Also ist er nicht für ihn. Er hat Hunger. Und Sehnsucht. Sehnsucht nach den vertrauten Pflegern. Nach dem Summen und Piepsen, das ihn in seinem Labor jeden Abend in den Schlaf gesungen hat. Nach den anderen Hunden, ihrem Geruch, ihrem Winseln. Sogar nach dem Ascheplatz zum Lösen. Den bräuchte er jetzt ganz besonders. Er muss so dringend.

Er sieht die Zweibeiner nicht mehr. Hört nicht mehr ihre Stimmen. Es ist ruhig. Vorsichtig, kriechend, immer wieder innehaltend, nähert er sich der Tür zu seinem Zwinger. Sie ist immer noch offen. Davor steht ein Napf. Er duftet so verführerisch. Er hat seit dem vorigen Abend nichts mehr gefressen. Sein Magen knurrt. Er kann sich nicht mehr beherrschen. Schlapp, schlapp, ein paar große Happen. Er schlingt, stürzt das Futter hinunter. Sein Magen beruhigt sich. Es hat so gut geschmeckt, war so lecker.

Ganz, ganz vorsichtig steckt er den Kopf aus seinem Zwinger. Nichts ist so, wie er es kannte. Nichts riecht vertraut. Er braucht den Ascheplatz, jetzt mehr als vorher. Das große Geschäft, das ist nicht so dringend. Er hat ja seit gestern Abend nichts mehr gefressen. Da will also auch nichts raus. Aber die Blase, die macht ihm zu schaffen. Noch ein Schritt. Keine Reaktion. Kein Piepsen, kein Stromschlag, kein Summen, keine Schläge. Nichts. Er reckt die Nase nach vorne. Schnüffelt. Nichts. Er macht noch einen Schritt. Hält inne, lauscht. Nichts. Er schnüffelt. Dort – in der Ecke, dort riecht etwas wie Ascheplatz. Ganz vorsichtig, langsam, leise, sich klein machend kriecht er nach vorne. Schritt für Schritt. Immer langsam, sich selber unterbrechend, lauschend, riechend, schnüffelnd. Noch ein paar Schritte. Ein Ascheplatz in einem Topf. Viel später wird er lernen, dass es sich um eine Hydrokultur handelt und dass ein Hund sich dort nicht lösen darf. In diesem Moment ist es die einzige Rettung, die er sieht. In einem langen Strahl verschafft er sich Erleichterung. Es tut so gut. Der Weg in die Box ist viel kürzer als sonst. Er rennt zurück, versteckt sich. Keine Reaktion, kein Schmerz, kein Strom-schlag, kein Schimpfen. Nichts.

Er entspannt ein wenig. Lauscht auf seine Umwelt. Eine Tür öffnet sich, schließt sich. Er reckt die Nase in die Höhe. Schnüffelt. Ah, der kleine Zwei-beiner. Der kommt bestimmt, um den nächsten Test zu machen. Der Rüde lauscht.

Es knistert. Der kleine Zweibeiner seufzt, streckt sich. Er ruft leise nach Paul. Wer ist Paul? Die Stimme ist freundlich. Er redet, erzählt. Der Rüde versteht die Worte nicht, aber liebt die Stimme bereits jetzt. Ein freundlicher Zweibeiner.

Dann Stille. Nichts passiert mehr. Er hört ein tiefes Atmen. Der kleine Zweibeiner scheint zu schlafen. Aha. Ob er Teil des Experimentes ist? Lang-sam, tief gebückt, kriechend mehr als gehend, immer wieder innehaltend und lauschend, schnüffelnd, nähert sich der Hund dem Ausgang seiner Box. Nichts passiert. Ruhe. Er lugt um die Ecke seiner Box. Seine Augen gewöhnen sich an das Dunkle.

Auf dem Fußboden liegt der kleine Zweibeiner. Rüde X-2019-V-20-M-283 schnüffelt. Lauscht. Der kleine Zweibeiner bewegt sich nicht. Aber er riecht gut. So gut wie das Kissen in seiner Box. Vertraut. Langsam, ganz langsam, wagt er sich erneut aus seinem Zwinger. Schleicht sich in Richtung des kleinen Menschen. Immer wieder um sich schauend. Wartend auf das nächste Piepsen. Das nächste Summen. Einen Schmerz, ein Pieken. Doch nichts passiert. Er bahnt sich vorsichtig seinen Weg. Langsam. Auf dem Sprung. Immer wieder bereit, sich in seine sichere Box zurückzuziehen.

Er schnüffelt. Der kleine Mensch riecht wie seine Box. Noch nicht vertraut, aber vertrauenswürdig. Der Mini-Zweibeiner regt sich nicht, atmet nur tief und regelmäßig. Ein süßer Duft. Der Hund nähert sich, schnüffelt, hält inne. Er beobachtet, wartet. Keine Reaktion.

Die Decke, in der sich der kleine Zweibeiner eingekuschelt hat, dort auf dem Boden, riecht wie seine Box. Ob das ein Zeichen ist? Und auf dem Boden, so hart und einsam, das kann doch nicht gut sein? Vaterinstinkte werden in dem Rüden wach. Langsam näher er sich dem kleinen Menschen weiter. Dieser zuckt nicht, atmet weiter, riecht vertraut. Vor seinem Bauch ist ein Stück Decke. Ganz vorsichtig schnüffelt Rüde X-2019-V-20-M-283 weiter. Nichts passiert. Er setzt vorsichtig seine Vorderpfote auf das Stück Decke vor dem Bauch des kleinen Zweibeiners. Keine Reaktion. Kein Stromschlag. Kein Schmerz. Keine Bestrafung. Es passiert nichts. Die Decke ist weich und kuschelig. Irgendwie riecht sie schon ein bisschen vertraut.

Er setzt die Pfote ein bisschen weiter auf die Decke. Schnüffelt. Wartet. Nichts passiert. So etwas Weiches hat er noch nie erlebt. Ein weiterer Schritt. Keine Reaktion. Nichts passiert. Nichts Schlimmes. Der Atem des kleinen Zweibeiners riecht süß, gut. Sein Körper strahlt Wärme aus. Eine Wärme, nach der sich der Rüde sein Leben lang gesehnt hat. Vorsichtig dreht er sich im Kreis. Einmal. Keine Reaktion. Er spitzt die Ohren. Er schnüffelt. Nichts. Noch einmal. Nichts.

Ganz vorsichtig lässt er sich nieder. In die Kuhle, die vor dem Bauch des kleinen Zweibeiners entstanden ist. Ganz langsam legt er sich hin, kuschelt sich an den kleinen Zweibeiner. Vorsichtig. Schnüffelnd. Immer wieder lauschend. Nichts passiert.

Dann streckt sich der Zweibeiner. Legt den Arm um den Rüden. Streckt sich erneut. Murmelt schlaftrunken: „Ich hab' dich auch lieb, Paulchen!". Schläft weiter.

Noch nie hat sich der Rüde so geliebt gefühlt. Noch nie so angekommen. Noch nie so gewollt und akzeptiert. Wohlig streckt er sich aus.

Stunden später öffnet die Frau langsam und vorsichtig die Tür. Sie fühlt Tränen, die aus ihren Augen über ihre Wangen strömen. Etwas zieht an ihrem Herzen. Ihr Sohn, in seinen Armen der vierbeinige Neuzugang. Nicht mehr Rüde X-2019-V-20-M-283, sondern Paul. Friedlich schlafend, entspannt. Sie entdeckt die Pfütze an ihrem Ficus, der als Hydrokultur in der Ecke des Wohnzimmers steht. Sie lächelt, holt Küchenpapier, wischt die Hinterlassenschaft auf.

Ab diesem Moment ist Paulchen angekommen. In einem neuen Leben. In seiner Familie. Er wird geliebt. Heute. Und für den Rest seines Lebens.

Wickie

Ich bin eine alte Hündin. Wobei, so alt bin ich, glaube ich, noch gar nicht. Meine Menschen-Mama sagt, ich sei gerade einmal 13 Jahre alt. Und sie muss es wissen, denn bei ihr war ich mein ganzes Leben lang. Ich kann mich jedenfalls nicht daran erinnern, dass ich überhaupt jemals woanders war. Aber meine Menschen-Mama sagt, dass ich, als ich noch ganz klein war, bei jemandem war, der mich nicht gut behandelt hat. Und wenn sie das sagt, dann muss es stimmen.

Meine Mama ist der wichtigste Zweibeiner in meinem Leben. Der aller-allerwichtigste. Nur, wenn sie da ist, bin ich zufrieden. Je älter ich werde, desto mehr brauche ich meine Zweibeiner-Mama. Früher war das Allein-sein kein Problem. Ich hatte immer ein Rudel um mich herum, deswegen war ich nie wirklich alleine; auch dann nicht, wenn die Zweibeiner bei der Arbeit oder beim Dosekaufen waren. Deswegen war es nie besonders schlimm, wenn unsere Menschen nicht da waren. Ich wusste, irgendwann kommen sie wieder, und die Zeit bis dahin habe ich ganz entspannt mit Schlafen verbracht. Jetzt, da ich alt bin, möchte ich meinen liebsten Zwei-beiner am liebsten die ganze Zeit um mich haben. Ich fühle mich so unsi-cher. Ich kann mich an vieles nicht mehr erinnern, und vieles ist mir fremd, auch wenn es Dinge sind, von denen die Zweibeiner sagen, ich hätte sie schon mein ganzes Leben so erlebt. Selbst wenn meine Zweibeiner nicht das Haus, sondern nur den Raum verlassen, fühle ich mich so furchtbar einsam. Egal, welche anderen Rudelmitglieder bei mir sind. Dann muss ich laut und fordernd bellen, wieder und wieder. Dabei kenne ich dieses Zuhause jetzt schon seit langer Zeit. Der Geruch der Körbchen ist mir vertraut. Es passiert hier auch nichts Schlimmes. Aber ich kann, ich will nicht ohne meine Zwei-beiner und vor allem ohne meine Menschen-Mama sein. Und damit sie das endlich verstehen, muss ich dann mein lautestes, durchdringendstes Bellen hören lassen. Wieder und wieder und wieder. Selbst dann, wenn sie mir aus einem anderen Raum etwas zurufen. Das reicht mir nicht mehr. Und ich verstehe nicht, dass die Zweibeiner dann oftmals so ruppig reagieren. Was soll ich denn machen, singen kann ich ja nicht. Früher hat mich das kalt gelassen. Ich wusste doch, die Wohnung oder das Haus verlieren nichts, schon gar nicht die Zweibeiner. Ich wusste, sie kommen wieder, und irgendwie konnte ich sie immer noch hören. Aber seitdem meine Ohren nicht mehr richtig funktionieren, weiß ich noch nicht einmal, wo im Haus sie jetzt sind. Das bestärkt meine Angst, und desto lauter muss ich bellen.

Oftmals weiß ich nicht mehr, was ich machen soll. Spazierengehen mag ich schon lange nicht mehr. Das liegt zum einen daran, dass mein Rücken so furchtbar weh tut. Deswegen muss ich in regelmäßigen Abständen zum Tierarzt. Dort bekomme ich eine fürchterliche Spritze – danach geht es meist wieder für eine Weile, bis zum nächsten Piks. Aber das ist nicht das Schlimmste. Das Schlimmste ist, dass ich vor allem und jedem Angst habe, was ich draußen treffe. Mülltonnen wirken auf mich seit einiger Zeit sehr bedrohlich. Andere Zweibeiner, auch wenn sie keinen Hund dabeihaben, finde ich gruselig. Manche Autos, selbst dann, wenn sie nur ruhig am Straßenrand stehen, finde ich unheimlich. Kinder, Fahrradfahrer, laute Dinge, all diese Sachen machen mir Angst. Mein Problem ist, dass ich furchtbar bellen muss, wenn ich Angst habe. Schließlich muss ich das, was unheimlich oder bedrohlich ist, ja verbellen und muss dafür sorgen, dass es mich nicht angreift. Das wiederum stiftet die anderen Rudelmitglieder ebenfalls zum Bellen an, obwohl die vorher gar nicht begriffen haben, dass die Mülltonne kurz davor ist, uns anzugreifen, und dass der gelbe Sack, der am Straßenrand liegt, äußerst unheimlich ist. Aus diesem Grund nehmen mich die Zweibeiner nicht mehr gerne mit auf Spaziergänge. Sie sagen, das sei zu stressig – für sie, für die anderen Rudelmitglieder, aber vor allem für mich. Und eigentlich bin ich damit ganz zufrieden. Ich habe meinen Garten, der reicht mir vollkommen. Wenn das nur nicht bedeuten würde, dass ich dann für eine Weile alleine wäre. Wenn ich alleine bin, vor allem, wenn ich ganz alleine bin, muss ich furchtbar bellen. Ich rufe dann so doll nach meinem Rudel, dass sich die Nachbarn im Nebenhaus schon beschwert haben.

Morgens und abends gehen die Zweibeiner mit mir auf die Wiese, die zu unserem Garten gehört. Mittags und nachmittags schaffe ich das alleine, nur morgens und abends brauche ich Unterstützung. Manchmal müssen sie mich auch auf die Wiese tragen. Und dann kann es sein, dass ich gar nicht weiß, was ich dort tun soll. Die Worte, die meine Zweibeiner dann sagen, klingen mir vertraut; ich bin mir sicher, dass ich sie schon oft gehört habe. Nur weiß ich oftmals nicht, was sie bedeuten. Dann stehe ich da und schaue die Rudelchefs fragend an. Sie wiederholen nur die Wörter, die so vertraut klingen. Manchmal werden sie ungeduldig. Dann fühle ich mich ganz schlecht, denn ich weiß, dass ich etwas falsch mache. Nur was, das weiß ich nicht.

Manchmal stehe ich dann auch auf der Wiese und träume vor mich hin. Ich träume davon, wie ich mit meinen Hundeschwestern früher über solche Wiesen getobt bin, wie wir fangen und jagen gespielt haben. Ich träume davon, wie ich mit ihnen durch den Schnee gelaufen bin und bis zu meinem Bauch in dem weißen Zeug versunken bin. Ich träume von vielen langen, aufregenden Spaziergängen, die ich in meinem Leben unternommen habe. Ich träume von den Misthaufen, in denen ich mich früher gerne gewälzt habe. Von manchen Zweibeinern, die nicht mehr da sind oder die ich nicht mehr sehe, die aber früher für mich viele Streicheleinheiten oder Leckerlies hatten. Ganz weit weg bin ich dann in diesen Momenten, sehe alles so genau vor mir, dass ich glaube, wieder in dieser Situation zu sein. Dann höre ich nicht mehr die Stimmen meiner Zweibeiner, reagiere auf nichts und weiß noch viel weniger, was ich eigentlich tun soll. Wenn dann die Stimme meiner Menschen-Mama zu mir durchdringt, bin ich ganz verwirrt. Habe ich nicht gerade noch mit Mary getobt? Hat mich nicht Janna gerade noch gestreichelt? Wo bin ich? Wer bin ich? Was soll ich tun?

Zum Glück spüre ich, wenn ich mein Geschäft machen muss. Dann werde ich unruhig, und meine Zweibeiner wissen dann, dass ich einmal raus muss. Ganz selten passiert es mir, dass etwas danebengeht. Aber nur selten. Und dann ist es mir ganz furchtbar peinlich.

Mit dem Hören habe ich auch Schwierigkeiten. Ich sehe, wie sich die Münder der Rudelchefs bewegen, aber das, was sie sagen, höre ich nicht. Manchmal, so sagen die anderen Rudelmitglieder, höre ich auch nicht, wenn es Leckerlies gibt; dann liege ich in meinem Körbchen und schlafe, träume von früher oder von großen Futternäpfen voller Hundedose oder dem Spielen auf grünen Wiesen. Oftmals schlafe ich so tief und fest, dass mich die Zweibeiner anstupsen, um zu gucken, ob ich schon über die Regenbogenbrücke gegangen bin.

Es gibt nicht mehr viele Dinge, die mir Spaß machen. Spaziergänge nicht. Toben mit den anderen Hunden auch nicht mehr. Schnüffeln interessiert mich nicht mehr. Am liebsten schlafe ich. Außer dann, wenn mich der Rappel packt. Dann sehe ich plötzlich eines meiner Spielzeuge. Dass es meins ist, weiß ich nur, weil ich daran rieche und es irgendwie vertraut riecht. Obwohl ich schwören könnte, es noch nie gesehen zu haben, bin ich dann voller Begeisterung. Dann möchte ich, dass meine Zweibeiner mir ganz geduldig das Spielzeug wieder und wieder schmeißen, immer wieder. Das Problem ist nur, dass ich nicht mehr so recht weiß, was ich dafür tun muss, dass sie es mir schmeißen können. Also werfe ich das Spielzeug auf den Boden, irgendwo, hocke mich davor und belle, auffordernd, laut, durchdringend. Das muss doch wohl reichen, oder? Da müssen die Zweibeiner doch wissen, was sie tun sollen, oder? Sie sagen mir etwas, das ich nicht verstehe. Sie sagen es noch einmal. Zur Antwort und zur Erklärung belle ich sie an. Laut, durchdringend. Sie sagen es mir lauter, noch lauter. Aber ich weiß nicht, was sie mir sagen. Wahrscheinlich habe ich auch diese Worte schon einmal gehört, aber ich verstehe sie nicht mehr. Irgendwann werden die Zweibeiner ungeduldig, blaffen mich an. Ich verstehe, dass ich etwas nicht richtigmache. Aber was? Das Spielzeug liegt doch hier. Gut, sie müssen dafür schon aufstehen, aber das ist doch nicht zu viel verlangt. Sie sollen kommen, es aufheben und mir werfen. Dann können sie sich ja gerne wieder hinsetzen. Bis ich es ihnen wieder hinwerfe.

Etwas anderes, das ich bis heute liebe, ist Fressen. Fressen in jeglicher Form. Wobei ich dabei schon viel langsamer geworden bin als früher. Heute mache ich immerhin einmal ein paar Pausen. Und, wie schon gesagt, manchmal bekomme ich auch nicht mit, wenn es zwischendurch ein paar Snacks gibt. Mein Frauchen sagt immer, wenn ich einmal nicht mehr fressen würde, dann wäre das für sie ein Zeichen. Wofür, das ist mir nicht klar, aber sie wird es wissen. Knabbereien mag ich auch nicht mehr so gerne – dafür hätte ich früher alles stehen und liegen gelassen, habe aber jetzt den Spaß daran verloren. Manchmal weiß ich auch nicht mehr, was ich mit einem Leckerli anfangen soll: Bewachen? Damit spielen? Ignorieren? Oder doch fressen? Woher soll ich das wissen?

Mein ganzes Leben lang habe ich im großen Körbchen meiner Zweibeiner geschlafen. Am Fußende, dort, wo es so gut riecht, unter der Decke. Wenn ich jetzt in der Dunkelheit aus dem Bett springe, um etwas zu trinken, dann weiß ich oft nicht mehr, was ich machen soll. Dann stehe ich vor dem großen Körbchen und jammere ganz doll. Ich weiß nicht mehr, wo ich hinsoll, wie ich ins große Körbchen komme, wo mein Platz ist. Dann muss mein Frauchen mir helfen, mir meinen Platz zeigen, mich zudecken. Erst dann kann ich ruhig weiterschlafen.

Schlafen ist überhaupt meine liebste Beschäftigung. In weichen, warmen Körbchen. Auf dem Sofa. Im großen Körbchen. Hauptsache schlafen, und Hauptsache, die Zweibeiner sind in meiner Nähe.

Auch mit den Augen klappt es nicht mehr so gut. Wenn ich mein Frauchen aus der Entfernung sehe, erkenne ich sie manchmal nicht mehr. Oder die anderen Rudelchefs, egal, ob die kleinen oder die großen, erkenne ich oftmals erst, wenn sie mich streicheln und ich sie aus nächster Nähe riechen kann. Bis dahin belle ich ganz furchtbar – sie könnten ja Einbrecher oder böse Halunken sein. Manchmal sehe ich auch nicht das Stück Käse, das mir einer der Zweibeiner zuwirft. Oder das Stück Schinken, das sie mir abgeben. Dann suche ich verzweifelt, finde es nicht, und einer der Rudelkumpel schnappt es mir weg. Dann wieder werfen mir meine Menschen endlich das

Spielzeug, haben endlich verstanden, was sie tun sollen. Und dann sehe ich nicht, wohin sie es geworfen haben. Ich bin irritiert, schaue um mich, belle, weiß nicht mehr weiter. Sie deuten in die Richtung, in die es angeblich geworfen haben, aber auch da sehe ich nichts. Bis sie aufstehen, es mir holen.

Früher war alles anders. An vieles erinnere ich mich nicht mehr, an manches schon. Woran ich mich erinnere, ist, dass meine Menschen-Mama immer für mich da war. Und ich weiß, ich vertraue darauf, dass sie mich nie verlassen wird. Auch dann nicht, wenn ich sie einmal nicht mehr erkenne oder noch älter werde; dann nicht, wenn ich gar nichts mehr sehen und nichts mehr hören kann. Auch dann nicht, wenn vielleicht das ein oder andere Geschäft nicht auf die Wiese hinter dem Haus, sondern auf den Teppich im Wohnzimmer geht.

Und irgendwann werde ich über die Regenbogenbrücke gehen. Dort werde ich dann Mary wiedertreffen und Lady Arwen und Rambo, den Großen, und Ruby. Eigentlich will ich nicht fort von meinen Zweibeinern, vor allem nicht von meiner Menschen-Mama. Aber meine Kumpels wiederzusehen, das tröstet mich. Und ich weiß, irgendwann wird auch meine Mama kommen, und dann sind wir alle wieder ein großes, glückliches Rudel. Irgendwann.

Hundedank

Zwei treue, dunkle Augen schauen Dich liebevoll an.
Eine kalte Hundeschnauze bohrt sich in Deinen Rücken,
um Dir zu sagen: Hey, hier bin ich, ich bin bei Dir.

Eine feuchte Hundezunge sucht den Weg über Dein Gesicht,
verweilt an Deiner Nase, leckt sie liebevoll,
leckt Deine Wunden, versucht zu trösten, zu heilen.

Zwei Vorderpfoten springen auf Deinen Oberschenkel,
der Schwanz wedelt im Takt,
die Augen schauen erwartungsvoll.

Ein Hunderücken an Deinem Rücken,
ein Hundekringel in Deinen Kniekehlen,
Rudelknuddeln, Zärtlichkeit, Vertrauen.

Traurig hängt der Schwanz, wenn Du gehst,
doch kommst Du wieder,
wirst Du stürmisch begrüßt, angestoßen, umtanzt, angesprungen.

Mutig das Bellen,
wenn etwas Gefährliches sich uns naht,
ein Fahrrad, ein anderer Hund, der Postbote.

Der Hund,
bereit Dich zu beschützen,
Dir Freund und Gefährte zu sein.

Und aus allem spricht sein Dank.

Dank dafür, dass Du sein Rudel bist.

Dank dafür, dass Du da bist und ihn versorgst.

Dank dafür, dass Du mit ihm spielst und sprichst.

Dank dafür, dass Du mit ihm Dein Bett und Dein Fressen teilst.

Dank dafür, dass Du mit ihm kuschelst und balgst.

Dank dafür, dass Du in erlöst hast aus dem einsamen Leben im Tierheim.

Dank dafür, dass Du ihn beschützt vor der Welt da draußen.

Dank dafür, dass Du ihm Freude schenkst, ein glückliches Leben.

Dieser Dank kommt von Herzen,
von einem warmen, großen Hundeherzen.

Will Dich begleiten,
Dir immer wieder sagen,
wie sehr Du geliebt wirst,
für immer-

Dein Hund

Mary im Land hinter der Regenbogenbrücke

Mary wurde müde, so müde. Die Schmerzen, die sie seit vielen Wochen quälten, ließen nach, und sie spürte, wie sie nur noch schlafen wollte. Aber konnte sie das? Sie war doch beim Tierarzt, oder? Das Frauchen beugte sich über sie, hielt sie fest, küsste sie und sagte ihr: „Schlaf einfach ein, kleiner Schatz, das ist ok." Mary schloss erleichtert die Augen. Sie spürte, wie zwei kleine Hände sie streichelten - ach ja, das waren die kleinen Zweibeiner, die waren ja auch mit dabei. Das fühlte sich gut an. So müde zu sein und gestreichelt zu werden, dabei konnte sie gut einschlafen. Sie legte den Kopf auf das Handtuch, schloss die Augen - da hörte sie lautes Schluchzen. Oh nein, die kleinen Zweibeiner und das Frauchen weinten, da musste sie sie doch trösten. Aber sie war so müde, so furchtbar müde. Nur einen Moment hinlegen, dann würde sie sie trösten.

Als Mary sich hinlegte und vor sich hindöste, hörte sie aus der Ferne ein freudiges Bellen. Moment mal? Dieses Bellen, das kannte sie doch. Aber nein, das konnte nicht sein, sie war doch beim Tierarzt. Aber ganz klar, das Bellen wurde lauter, es rief nach ihr: „Mary, komm, komm hierhin. Du musst nur über diese bunte Brücke gehen, komm her."

Mary hörte genau hin. Zwischen den lauten Schluchzern der Zweibeiner hörte sie ganz klar das laute, fordernde Bellen ihrer besten Freundin Josie. Josie? Wo war sie?

„Mary!!! Komm hierher. Hier ist es toll. Und ich freue mich so, wenn ich dich jetzt wiedersehe. Halt' Ausschau nach der Brücke und dann lauf einfach darüber, dann ist alles gut."

Brücke? Ja… Ja, genau, vor ihr war eine Brücke. Wo kam die her, wie konnte das sein? Egal… Das Bellen wurde lauter, aufgeregter. Dazwischen mischte sich ein dunkles, tiefes Schnurren. Auch das kam ihr bekannt vor. Rambo? War das etwa Rambo, der da schnurrte? Und er rief doch auch etwas: „Hey, Mary, altes Haus, komm zu uns, hier ist es so schön."

Mary war neugierig geworden, und ja, sie wollte so sehr ihre alten Freunde wiedersehen - Josie, die kleine wilde Hündin. Und Rambo, den dicken gemütlichen Kater.

Mary spürte, wie die Hände des kleinen Zweibeiners sie weiter streichelten. Die Schmerzen waren fast weg, sie wollte nur noch schlafen. Und über diese Brücke gehen. Sie war neugierig geworden. Das Bellen der kleinen Josie wurde aufgeregter und aufgeregter: „Nun komm doch endlich, Mary, ich warte schon so lange auf dich. Ich will mit dir tooooooooooooben!".

Vorsichtig setzte Mary einen Fuß auf diese bunte Brücke.

Die Brücke sah komisch aus: Nicht so wie die Brücke, die über den Rhein führte, dort, wo sie immer spazieren gegangen war. Die war grau und kalt, unten an den Pfeilern mit hässlichen Bildern beschmiert. Diese Brücke hier war bunt und irgendwie weich. Aber man versank nicht in ihr, man konnte richtig darüber gehen. Mary machte noch ein paar vorsichtige Schritte. Komisch, das Laufen tat gar nicht mehr weh, vielleicht konnte sie noch ein paar Schritte machen?

Josie wurde immer lauter: „Nun mach schon, lauf los, immer auf der Brücke entlang. Ich warte am Ende auf dich. Nun komm schon."

Rambo pflichtete ihr bei: „Ja, komm einfach her. Ist nicht schwer, immer auf der Brücke bleiben. Immer geradeaus. Und wir sind hier und freuen uns auf dich."

Es klang so verlockend. Mary machte ein paar weitere Schritte. Das Schluchzen der Zweibeiner wurde leiser, sie konnte es immer noch hören, aber es war nicht mehr ganz so schlimm. Sie spürte, wie sie weiter gekrault wurde. Das musste die Tierärztin sein, die gab ihr gerade noch eine Spritze. Komisch, tat gar nicht weh? Egal. Oh… Ja, das fühlte sich jetzt gut an. So leicht und unbeschwert, so ganz ohne Schmerzen, so frei…

Mary merkte, wie sie schneller lief, immer in Richtung des Endes der Brücke. Die Schmerzen waren weg, und sie konnte sich schon wieder ganz frei bewegen. Sie fing an zu rennen - ja, auch das ging ja so gut.

Und da! Wie durch einen Nebel konnte sie das Ende der Brücke sehen. Mary traute ihren Augen kaum: Da sprang ein kleiner brauner Hund aufgeregt im hohen Gras auf und ab und bellte und wedelte mit dem Schwänzchen und rief nach ihr: „Mary, Mary, hier sind wir, nun komm doch endlich!!"

Neben ihr räkelte sich ein Kater träge im Gras, schnurrte vor sich hin und brummte: „Ja, nun mach schon, du warst doch sonst nicht so eine lahme Ente."

Wie Mary sich freute, ihre beiden Kumpels zu sehen. Sie lief ein bisschen schneller. Mit einem Satz sprang sie von der Brücke in das grüne, weiche Gras - sie spürte, wie in diesem Moment alle Schmerzen weg waren. Sie konnte das Schluchzen nicht mehr hören, auch die Hände, die sie gestreichelt hatten, waren weg. Sie fühlte sich ganz jung, lebendig.

Da kam auch schon Josie auf sie zu und sprang bellend und schwanzwedelnd an ihr hoch: „Hallo Mary! Endlich bist du da. Es ist soooo schön, dich hier zu sehen. Komm ganz schnell! Was wollen wir zuerst machen? Eine Runde spielen? Oder willst du alle begrüßen? Oder willst du Leckerli haben?"

Mary guckte verdutzt: „Josie, du siehst gar nicht mehr krank aus? Geht es dir wieder gut?"

Josie lachte: „Ja, du Dummchen, hier sind wir alle wieder ganz fit. Guck Dir Rambo an, der ist noch nicht einmal mehr dick."

Fragend schaute Mary auf ihren Katzen-Kumpel: „Rambo? Fast hätte ich dich nicht erkannt. Die Stimme klang wie du, aber du siehst so, na ja… ähm… also…"

„Mary, altes Haus, cool, dass du da bist. Du hast hier gefehlt. Und ja, ich bin nicht mehr der fette Kater, ich bin jetzt wieder ein hübscher junger Kerl." Er warf selbstbewusst den großen Kopf in den Nacken. „Aber guck dich doch mal an. Der komische Knubbel an deinem Auge ist ja weg. Und du siehst so aus, als würdest du jetzt gerne einen Spaziergang machen und Krähen jagen… So fit habe ich dich lange nicht mehr gesehen."

„Ich verstehe das alles nicht." Fragend schaute Mary zu ihrer besten Freundin. „Wo bin ich? Was ist das hier?"

„Das ist der Himmel, der liegt am Ende der Regenbogenbrücke. Wenn wir Tiere alt und krank werden, dann dürfen wir über diese Brücke gehen, in den Himmel. Und da ist man wieder so, wie man war, als es einem am besten gegangen ist. Ohne Krankheit. Ohne Schmerzen. Wieder jung. Und voller Energie."

„Ja, sind denn hier noch andere, die ich kenne?" Mary guckte verblüfft.

„Ich weiß ja jetzt nicht, wen du kennst", brummte Rambo, „aber es haben einige nach dir gefragt, immer mal wieder: So ein riesiges Kalb, das zwar sagt, es sei ein Hund, von dem ich aber immer noch glaube, dass es eigentlich eine Kuh ist. Ares oder so ähnlich heißt er."

„Oh ja, Ares… Echt???"

„Ja. Und so eine Zicke, Chiara heißt die. Sagt, ihr seid Nachbarn gewesen."

„Chiara ist auch hier? Meine Freundin Chiara? Wirklich?"

Josie bellte bestätigend: „Ja, Chiara ist hier und kann wieder richtig laufen. Und erinnerst du dich an den kleinen braunen Hund, den wir immer im Wiesengrund getroffen haben, Foxy? Der ist auch hier. Und, das wird dich richtig freuen: Tavi ist auch hier, die steht hinten am Leckerlibaum und spricht mit dem Janna-Frauchen."

Mary schüttelte sich. Das waren jetzt zu viele Informationen, das konnte sie alles gar nicht so verstehen. „Moment, jetzt einmal langsam. Tavi darf doch gar keine Leckerlies fressen, das bekommt ihr doch nicht, wegen der Leber. Und ich darf auch keine Leckerlies fressen, denn ich habe etwas mit dem Bauch. Ich muss Schonkost haben."

Josie lachte ihr lautes helles Hundelachen: „Mary, du bist noch immer so dusselig, wie du früher warst. Du hast es immer noch nicht verstanden, du Schaf. Ja. All unsere Freunde, die dann irgendwann nicht mehr da waren, die sind hier. Und die, die wir doof fanden, sind auch hier, aber die sind jetzt nicht mehr schlimm, sondern ganz nett. Und hier darf man alles fressen

- du bist ja jetzt wieder gesund, es gibt hier keine Krankheit. Und man wird auch nicht dick; das finde ich persönlich sehr gut, ich kann fressen, was und wann immer ich will, auch das ganz leckere Zeug, und ich werde nicht mehr dick."

„Aha…. Äh, können wir dann mal gucken, dass wir die anderen Freunde treffe?"

„Ja klar!!" Josie hüpfte los, freudig schnüffelnd. „Komm schon, ein bisschen schneller, Mary. Guck mal da vorne, da ist das Janna-Frauchen."

Mary hob den Kopf und schnüffelte. Tatsächlich, das konnte doch nicht sein. Sie rannte los, machte große Sprünge, bellte, wedelte mit dem Schwanz: „Janna-Frauchen!!! Janna-Frauchen!! Ich bin hier, deine Mary ist hier!!"

Die Frau, die mit einem großen Schäferhund gekuschelt hatte, stand auf: „Mary!!! Es ist so schön, dich wieder zu sehen. Komm einmal her, lass dich knuddeln."

Mary sprang an ihr hoch, und Janna nahm sie auf ihren Arm und hielt sie fest.

„Ich muss sagen, das ist hier gar nicht so übel…", wunderte sich Mary. Sie spürte, wie jemand an ihrem Schwanz zog: „Janna-Frauchen, lass mich runter, ich muss Tavi begrüßen!"

Schwanzwedelnd standen die beiden Hunde voreinander, schnüffelten sich ab, stupsten sich mit der Nase an: „Schön, dich wiederzusehen, Freundin!".

Es dauerte eine ganze Weile, bis Mary all ihre Freunde begrüßt hatte: Atax, den Jagdhund von gegenüber. Den kleinen weißen wuscheligen Hund von um die Ecke. Memmy, den Golden Retriever, mit dem man so schön spielen konnte. Die dicke Hundedame aus dem Nachbardorf, Tammy. Es war so schön, sie alle wiederzusehen. Es war toll, mit ihnen allen zu toben, zu rennen, zu schnüffeln. Wenn sie müde wurden von all der Toberei, gingen sie zu den großen Wassernäpfen, die mit dem klarsten und leckersten Wasser überhaupt gefüllt waren. Zwischendurch zeigte Josie ihrer Freundin Mary die Leckerlibäume: Große Bäume, voller Leckerlies. An manchen wuchsen Hundekekse. An anderen diese leckeren Stangen, die aus Pansen gemacht waren. Dann wieder gab es Bäume, an denen die kleinen runden weichen Leckerli hingen. Mary traute ihren Augen nicht, versuchte hier etwas, probierte dort etwas. Toll, und so himmlisch lecker. Wahnsinn.

Irgendwann wurden alle Hundefreunde unruhig: „Napfbefüllungszeit!", erklärte Josie. Und ehe sich Mary versah, stand vor ihr ein gefüllter Napf - nicht mit langweiligen Bröckchen, sondern mit leckerem Dosen-Futter; das von der besten Sorte, das es sonst nur am Dosetag oder am Baumfest-Tag gab. Oh, das war gut.

„Ist der Service hier immer so gut?", wollte Mary wissen.

Josie leckte ihren Napf sauber: „Ja, schon. So gute Dose gibt es immer, wenn ein neuer Freund zu uns kommt, aber auch sonst gibt es hier tolles Futter. Manchmal gibt es Hühnchen mit Reis und Hüttenkäse. Oder Nudeln mit Joghurt. Oder einfach nur Dose. Nur langweilige Bröckchen, die gibt es hier zum Glück nie."

„Und, woher kommt das alles? Ich habe niemanden gesehen, der uns den Napf hingestellt hat?" Mary war verwundert.

„Also, hier oben, im Himmel, da ist so ein Typ. Der ist wie ein Vater für uns alle und kümmert sich um uns alle - wann immer wir wollen, können wir zu ihm kommen und mit ihm kuscheln. Der kann toll streicheln, sage ich dir, wunderbar. Und spielt mit uns auch, der hört auch nie so schnell wieder auf. Und der sorgt dafür, dass wir hier so gutes Futter bekommen. Er sagt, er passt auf uns auf, bis unsere Herrchen und Frauchen zu uns kommen."

Mary guckte ungläubig. „Lerne ich diesen Vater denn auch mal kennen?"

„Ja, wirst du, der geht einmal abends zu uns allen, dann, wenn wir in unseren Körbchen liegen, dann kommt er und sagt uns Gute Nacht. Kannst ihn aber auch so suchen gehen, der hat immer Zeit für uns."

Mary streckte sich im Gras aus und genoss die letzten Sonnenstrahlen. Es war schön, das weiche Gras unter ihrem Bauch zu spüren und die warme Sonne im Rücken. Sie schloss genießerisch die Augen. Sie war satt, hatte keine Schmerzen, sie hatte ihre Freunde hier. Das war schon sehr schön.

„Josie, ich habe einmal eine Frage."

„Hmmm…?" Josie hatte sich im Gras eingerollt und döste vor sich hin.

„Was ist denn das fluffige weiße Zeug, das hier um uns herum ist?"

„Das sind Wolken. Du bist doch jetzt im Himmel, und um uns herum sind Wolken. Manchmal gibt es Lücken in den Wolken, und dann können wir runter auf die Erde gucken. Da habe ich dich manchmal gesehen. Ich habe gesehen, dass du zwei neue Freundinnen hast."

Mary bellte aufgeregt: „Ja, das sind Roo und Wickie. Beide ein bisschen durchgedreht. Wickie denkt immer nur an Napfbefüllung, so wie du auch. Und ans Spielen. Und Roo ist ein lustiger kleiner Hund, der sich überall dazwischen mogelt. Und dann sind da noch die Katzen: Gandhi, Schnüpsel, Drops und Arwen."

„Ja, die habe ich auch gesehen und mich gefragt, seit wann du Katzen magst?", antwortete Josie.

„Ach weißt du, das Frauchen hat die irgendwann angeschleppt, und so übel sind die gar nicht. Ich weiß, du hättest die gejagt. Deswegen wundere ich mich, dass du jetzt mit Rambo befreundet bist?"

„Mary, wie oft soll ich dir das denn noch sagen? Hier oben gelten andere Regeln. Rambo kommt vom gleichen Rudel, deswegen ist er mein Freund. Außerdem jagt man sich hier nicht, deswegen habe ich jetzt viele Katzen-freunde, ob du es glaubst oder nicht."

Sie schwiegen, und Mary versuchte zu verarbeiten, was sie gerade gehört hatte.

„Ich habe aber jetzt auch eine Frage an dich, Mary. Wie geht es dem Ruth-Frauchen? Ich sehe da manchmal einen großen Zweibeiner. Wer ist das? Ist der nett?"

Mary wedelte mit dem Schwanz: „Das ist Uwe. Uwe und das Ruth-Frauchen, die sind so ein bisschen etwas wie ein Rudel. Aber nicht richtig, weil die nur zwischendurch zusammen sind, also nicht immer. Nur an den Tagen, an denen man nicht arbeiten muss. Aber der Uwe ist cool. Der war zum Schluss auch mein Herrchen. Der kann toll streicheln und hat uns immer Nudeln gekocht und hat mich Schäfchen genannt."

„Hört sich nett an. Hat der Hunde?"

„Nein, Kinder."

„Äh, was sind denn Kinder? Sind das Haustiere?"

„Josie, jetzt bist du aber dumm. Kanntest du keine Kinder? Kinder sind kleine Zweibeiner - die sehen genau so aus wie große Zweibeiner, nur in klein. Die haben alles, was Zweibeiner brauchen: Zwei Hände zum Kraulen, zwei Stinkepfoten zum Laufen, Ohren, eine Nase zum Abschlabbern - die funktionieren wie große Zweibeiner, nur sind die halt klein. Und Uwe hat zwei davon. Und die sind wunderbare kleine Herrchens. Der eine hat mir immer vorgelesen, und der andere hat sich ein Buch genommen und hat darin gelesen und mich dabei gekrault, das war toll. Und dann sind die mit mir spazieren gegangen. Und haben mich gebürstet. Der eine hat mich gefüttert und immer darauf geachtet, dass ich als Rudelchefin mein Futter zuerst bekomme. Die waren toll. Und als ich vorhin so müde geworden bin, kurz bevor ich über die Brücke gegangen bin, da haben die beiden mich ganz doll gekrault und haben geweint und waren ganz traurig. Josie, woher weiß ich, wie es denen jetzt geht?"

„Du musst warten, bis es Lücken in den Wolken gibt, dann kannst du hinunter gucken. Ich habe euch manchmal auch gesehen. Wie ihr spazieren gegangen seid. Ich glaube, deine beiden Freundinnen sind ganz schön laute Kläffer, das habe ich bis hier oben gehört, wie die gekläfft haben."

Mary boxte Josie mit ihrer Schnauze: „Das musst du gerade sagen. Weißt du noch, wie laut du immer gebellt hast? Und wie du jeden Radfahrer und Jogger und Inline-Skater gejagt hast?"

„Nö… hab' ich vergessen. Hab' ich bestimmt gar nicht gemacht, das denkst du dir aus," protestierte Josie.

„Du-huu, Josie… Ich muss dich noch einmal etwas fragen. Als ich so müde geworden bin, da waren plötzlich meine Schmerzen weg und ich habe mich richtig gut gefühlt, nur ganz doll müde. Aber die kleinen Zweibeiner und das Ruth-Frauchen, die haben ganz furchtbar geweint. Und ich konnte die nicht mehr trösten - ich wollte zwar, aber ich war so furchtbar müde. Ich wollte denen über die Nase schlabbern und sagen, dass es mir gut geht und dass alles gut ist und dass ich jetzt froh bin, dass ich schlafen kann, aber das ging nicht mehr."

„Ja, ich weiß", antwortete Josie, „das war bei mir damals auch so. Zweibeiner sind furchtbar traurig, wenn wir über die Regenbogenbrücke gehen. Das Janna-Frauchen hat erzählt, die Zweibeiner wissen nicht, dass es hier im Land hinter der Regenbogenbrücke so schön ist, deswegen sind die traurig, wenn wir weggehen müssen. Außerdem vermissen die uns - wir waren ja ihre besten Freunde, und jetzt sind wir nicht mehr da. Natürlich sind die traurig."

„Aber, wer tröstet die denn jetzt, wo ich nicht mehr da bin? Die beiden kleinen Zweibeiner, die haben so doll geweint."

„Na, erst einmal haben die doch Mama und Papa, die werden sie schon trösten. Und dann sind da doch noch die beiden kleinen Fußhupen, von denen du mir erzählt hast und die so laut bellen. Die werden sie schon trösten. Ich wette mit dir, Wickie bringt denen ein Spielzeug nach dem anderen, um sie aufzuheitern. Und Roo wird sich kraulen lassen und ihnen die Nase abschlabbern."

„Ja, aber das Trösten war doch meine Aufgabe…"

„Mary, du hast ein langes Leben gehabt. Du darfst dich jetzt hier ausruhen. Jetzt sind andere dran. Du darfst jetzt das Leben hier im Land hinter der Regenbogenbrücke genießen. Du darfst mit deinen Freunden spielen. Du darfst so viele Leckerli fressen, wie du magst. Du darfst spazieren gehen, schlafen, wann immer du willst. Du musst nicht mehr trösten, das machen jetzt die anderen."

„Josie, ich möchte denen aber gerne zeigen, dass es mir gut geht. Die sind so traurig gewesen. Dabei ging es mir gut. Ich habe eine Spritze bekommen, und auf einmal waren alle Schmerzen weg. Ich war ganz glücklich und es ging mir gut. Ich war nur müde. Und ich würde denen jetzt gerne sagen, dass es mir gut geht, dass sie sich keine Sorgen um mich machen müssen und nicht traurig sein müssen, weil ich jetzt richtig glücklich bin."

„Guck mal, da vorne kommt der Vater-Mann. Den fragen wir jetzt... Papa, guck mal, das hier ist die Mary. Das ist die Freundin, von der ich dir immer wieder erzählt habe. Die ist jetzt auch hier. Und ich bin so glücklich, dass ich meine beste Freundin bei mir habe."

Ein freundlich aussehender Mann kam auf die beiden Hunde zu. Er lächelte sie an und sprach mit einer tiefen, gemütlichen Stimme, bei der man sich einfach nur wohl fühlen konnte: „Willkommen, kleine Mary, schön, dass du jetzt bei uns bist. Die Josie hat mir so viel von dir erzählt. Wie du dich in jedem Misthaufen gewälzt hast und dass du ganz oft nach Spaziergängen baden musstest. Dass du Stifte geklaut hast und die zerkaut hast. Und auf dem Feld Krähen gejagt hast. Ich wollte dich unbedingt kennenlernen und dich bei mir haben – ich brauche einen Hund, der mal die Krähen hier jagt. Und ich brauche einen Hund, den man so toll kraulen kann und der so gerne Streicheleinheiten bekommt wie du." Der Mann streichelte die beiden Hunde.

Mary warf sich auf den Rücken und ließ sich das Bäuchlein kraulen. Hmmm, das war schön. „Du, Papa... Ich würde gerne meinen Zweibeinern sagen, dass es mir gut geht und dass sie nicht traurig sein sollen. Was kann ich denn da machen?"

„Lass mich einmal nachdenken", antwortete der alte Mann. „Ja, ich hab's. In den nächsten Tagen, da schicken wir den Zweibeinern einen wunderschönen Sonnenuntergang, dann, wenn sie in den Himmel gucken. Der wird bunt sein, ganz tolle Farben haben und sooo schön aussehen, und wenn die Zweibeiner dann in den Himmel gucken, dann sagen sie: Das ist ein Zeichen von Mary, der geht es gut. Und dann, in der Zukunft, werden wir ihnen immer wieder einmal einen Regenbogen schicken, als Gruß von euch beiden. Und immer, wenn sie diesen Regenbogen sehen, werden sie wissen, dass es euch gut geht, dass ihr an sie denkt und dass ihr euch freut, wenn ihr sie irgendwann wiederseht."

„Aber das soll nicht so bald sein. Die sollen noch lange glücklich leben und noch vielen Hunden das Leben retten, ok?"

„Ja, kleine Mary, das werden sie, da bin ich mir sicher."

„Du-huu, Papa, passt du bis dahin auf sie auf? Ich will nicht, dass ihnen etwas passiert." Der Mann nickte: „Ja, das werde ich tun. Ich halte sie fest in meiner Hand und passe auf, dass ihnen nichts passiert. Und jetzt such' dir ein Körbchen aus und schlaf, kleine Mary. Du hast einen langen Tag gehabt, du bist müde und solltest dich ausruhen. Hier hast du noch ein Betthupferl, schlaf dann gut."

Als er gegangen war, machten sich Mary und Josie auf der Suche nach einem Körbchen. Sie fanden eines, das vor dem großen Körbchen stand, in dem das Janna-Frauchen und Rambo lagen.

„Josie? Darf ich heute Nacht bei dir im Körbchen schlafen? Ich würde gerne mit dir kuscheln", fragte Mary.

„Ja klar, aber nur heute. Normalerweise schlafe ich beim Janna-Frauchen unter der Bettdecke, aber heute kannst du zu mir ins Körbchen kommen. Aber rammele nicht so rum und schlaf, ich bin nämlich auch müde."

„Gute Nacht Josie, ich bin froh, dass ich jetzt hier bin. Dass ich dich wiedergetroffen habe. Dass es hier so schön ist. Und vor allem, dass ich keine Schmerzen mehr habe. Mir geht es richtig gut."